# VENCESLAS,

## TRAGI-COMEDIE.

*DE Mr DE ROTROV.*

A PARIS,

Chez ANTOINE DE SOMMAVILLE, au Palais dans la petite Salle des Merciers, à l'Escu de France.

M.DC XL VIII.

*AVEC PRIVILEGE DV ROY.*

(1)

## EXTRAICT DV PRIVILEGE DV ROY.

PAR grace & Priuilege du Roy, donné à Paris le 28. Mars 1648. ſigné par le Roy en ſon Conſeil *le Brun*, il eſt permis à *Anthoine de Sommauille*, Marchand Libraire à Paris, d'imprimer ou faire imprimer vne piece de Theatre intitulé *Venceſlas Tragicomedie de Rotrou*, pendant le temps & eſpace de *cinq ans* entiers & accomplis, à compter du iour que ladite piece ſera imprimée, & deffences ſont faictes à tous autres d'en vendre ny diſtribuer aucune, ſinon de l'impreſſion qu'aura fait ou fait faire ledit *Sommauille*, ou ceux qui auront droict de luy, ſoubs les peines portées par leſdites lettres, qui ſont en vertu du preſent Extraict tenuës pour bien & deuëment ſignifiées.

*Acheué d'Imprimer le douZieſme May 1648.*

## ACTEVRS.

| | |
|---|---|
| VENCESLAS. | Roy de Pologne. |
| LADISLAS. | ſon fils, Prince. |
| ALEXANDRE. | Infant. |
| FEDERIC. | Duc de Curlande & Fauory. |
| OCTAVE. | Gouuerneur de Varſouie. |
| GARDES. | |
| CASSANDRE. | Ducheſſe de Cuniſberg. |
| THEODORE. | Infante. |
| LEONOR. | ſuiuante. |

# VENCESLAS TRAGI-COMEDIE.

## ACTE PREMIER.

### SCENE PREMIERE.

VENCESLAS, LADISLAS, ALEXANDRE, GARDES.

VENCESLAS.

*Renés vn siege, Prince; & vous Infant, sortés;*

ALEXANDRE.

*J'auray le tort, Seigneur, si vous ne m'écoutés;*

VENCESLAS.

*Sortez, vous dis-ie; & vous, Gardes, Qu'on se retire;*

LADISLAS.

*Que me desirez-vous?*

VENCESLAS.

*I'ay beaucoup, à vous dire;*
*Ciel prepare son sein, & le touche auiourd'huy;*

LADISLAS. bàs

*Que la vieillesse souffre, & fait souffrir autruy!*
*Oyons les beaux aduis, qu'vn flateur luy conseille.*

VENCESLAS.

*Prestés-moy, Ladislas, le cœur, auec l'oreille.*
*I'attends tousiours du temps, qu'il meurisse le fruit*
*Que pour me succeder, ma couche m'a produit;*
*Et ie croyois, mon fils, vostre mere immortelle,*
*Par le reste qu'en vous, elle me laissa d'elle,*
*Mais, helas! ce pourtraict, qu'elle s'estoit tracé,*
*Perd beaucoup de son lustre, & s'est bien effacé,*
*Et vous considerant, moins ie la voy paroistre,*
*Plus l'ennuy de sa mort, commence à me renaistre,*
*Toutes vos actions, dementent vostre rang,*
*Ie n'y voy rien d'auguste, & digne de mon sang;*
*I'y cherche Ladislas, & ne le puis cognoistre,*
*Vous n'aués rien de Roy, que le desir de l'estre;*
*Et ce desir (dit-on) peu discret, et trop prompt,*
*En souffre, auec ennuy, le Bandeau, sur son front.*
*Vous plaignés le trauail, ou ce fardeau m'engage,*
*Et n'ozant m'attaquer, vous attaqués mon âge;*

*Ie suis vieil, mais vn fruit de ma vieille saison,*
*Est d'en posseder mieux, la parfaite raison;*
*Regner est vn secret, dont la haute science,*
*Ne s'acquiert que par l'âge, & par l'experience,*
*Vn Roy, vous semble heureux, & sa condition,*
*Est douce, au sentiment, de vostre ambition;*
*Il dispose à son gré, des fortunes humaines;*
*Mais, comme les douceurs, en sçauez vous les peines:*
*A quelque heureuse fin, que tendent ses projets,*
*Iamais il ne fait bien, au gré de ses sujets;*
*Il passe pour cruel, s'il garde la iustice,*
*S'il est doux, pour timide, & partisan du vice;*
*S'il se porte à la guerre, il fait des malheureux;*
*S'il entretient la paix, il n'est pas genereux;*
*S'il pardonne, il est mol; s'il se vange, barbare;*
*S'il donne, il est prodigue; & s'il espargne, auare;*
*Ses desseins les plus purs, & les plus innocens,*
*Tousjours, en quelque esprit, iettent vn mauuais sens;*
*Et iamais sa vertu, (tant soit-elle cognuë,)*
*En l'estime des siens, ne passe toute nuë;*
*Si donc, pour meriter, de regir des Estats,*
*La plus pure vertu, mesme, ne suffit pas.*
*Par quel heur voulés-vous, que le regne succede,*
*A des esprits oysifs, que le vice possede;*
*Lors de leurs voluptez, incapables d'agir,*
*Et qui serfs de leurs sens, ne se sçauroient regir;*

Le Prince tourne la teste, & témoigne s'éporter

*Vient de sauuer mon Sceptre, & peut-estre ma vie ;*
*Icy, mon seul respect, contient vostre caprice ;*
*Mais, examinez-vous, & rendez-vous iustice ;*
*Pouués-vous attenter, sur ceux, dont i'ay fait choix,*
*Pour soustenir mon trosne, & dispenser mes loix ;*
*Sans blesser les respects, deubs à mon Diadesme,*
*Et sans en mesme temps, attenter sur moy-mesme ?*
*Le Duc, par sa faueur, vous a blessé les yeux,*
*Et parce qu'il m'est cher, il vous est odieux :*
*Mais voyant d'vn costé, sa splendeur non commune,*
*Voyés, par quels degrés, il monte à sa fortune ;*
*Songés, combien son bras, à mon trosne affermy,*
*Et mon affection, vous fait son ennemy !*
*Encore, est-ce trop peu ; vostre aueugle colere,*
*Le hayt en autruy mesme, & passe à vostre frere ?*
*Vostre ialouse humeur, ne luy sçauroit souffrir,*
*La liberté d'aimer, ce qu'il me voit cherir ?*
*Son amour pour le Duc, luy produit vostre haine ;*
*Cherchez vn digne objet, à cette humeur hautaine,*
*Employés, employés ces boüillans mouuements,*
*A combattre l'orgueil, des peuples Othomans ;*
*Renouuelés contre eux, nos haines immortelles,*
*Et soyez genereux, en de iustes querelles ;*
*Mais, contre vostre frere ! & contre vn fauory,*
*Necessaire à son Roy, plus qu'il n'en est chery !*
*Et qui de tant de bras, qu'armoit la Moscouie,*

*C'est vn employ celebre ! & digne d'vn grand cœur!*
*Vostre caprice, enfin, veut reigler ma faueur;*
*Je sçay mal appliquer mon amour, & ma haine,*
*Et c'est de vos leçons, qu'il faut que ie l'aprenne;*
*I'aurois mal proffité, de l'vsage, & du temps!*

LE PRINCE.

*Souffrez;....*

LE ROY.

*Encor vn mot, et puis, ie vous entends;*
*S'il faut qu'à cent rapports, ma creance réponde,*
*Rarement le Soleil, rend la lumiere au monde,*
*Que le premier rayon, qu'il répand icy bas,*
*N'y descouure quelqu'vn de vos assassinats;*
*Ou, du moins, on vous tient, en si mauuaise estime,*
*Qu'innocent, ou coupable, on vous charge du crime;*
*Et que vous offençant, d'vn soupçon éternel,*
*Aux bras du sommeil mesme, on vous fait criminel,*
*Sous ce fatal soupçon, qui deffend qu'on me craigne,*
*On se vange, on s'égorge, & l'impunité regne,*
*Et ce juste mespris, de mon authorité,*
*Est la punition, de cette impunité;*
*Vostre valeur, enfin, n'agueres si vantée,*
*Dans vos folles amours languit comme enchantée,*
*Et par cette langueur, dedans tous les esprits,*

*Efface son estime, & s'acquiert des mespris;*
*Et ie voy toutefois, qu'vn heur inconceuable,*
*Malgré tous ces deffauts, vous rend encor aimable;*
*Et que vostre bon offre, en ces mesmes esprits,*
*Souffre ensemble pour vous, l'amour, & le mespris;*
*Par le secret pouuoir, d'vn charme que i'ignore,*
*Quoy qu'on vous mesestime, on vous cherit encore;*
*Vicieux on vous craint, mais vous plaisés heureux,*
*Et pour vous, l'on confond, le murmure, & les vœux;*
*La! merités, mon fils, que cette amour vous dure,*
*Pour conseruer les vœux, estouffez le murmure;*
*Et regnez dans les cœurs, par vn sort dépendant,*
*Plus de vostre vertu, que de vostre ascendant;*
*Par elle, rendez-vous, digne d'vn Diadesme,*
*Né pour donner des loix, cōmencés par vous mesme;*
*Et que vos passions, ces rebelles sujets,*
*De cette noble ardeur, soient les premiers objets;*
*Par ce genre de regne, il faut meriter l'autre,*
*Par ce degré mon fils, mon trosne sera vostre;*
*Mes Estats, mes suiets, tout fleschira souz vous,*
*Et sujet de vous seul, vous regnerez sur tous.*
*Mais si toûjours vous méme, et toûjours serf du vice,*
*Vous ne prenés des loix, que de vostre caprice;*
*Et si pour encourir, vostre indignation,*
*Il ne faut qu'auoir part, en mon affection;*
*Si vostre humeur hautaine, enfin, ne considere,*

*Ny les profonds respects, dont le Duc vous reuere,*
*Ny l'estroite amitié, dont l'Infant vous cherit;*
*Ny la sousmission, d'vn peuple qui vous rit;*
*Ny d'vn pere, & d'vn Roy, le Conseil salutaire;*
*Lors, pour estre tout Roy, ie ne seray plus pere,*
*Et vous abandonnant à la rigueur des loix,*
*Au mépris de mon sang, ie maintiendray mes droits;*

LADISLAS.

*Encor que de ma part, tout vous choque et vous blesse,*
*En quelque estonnement, que ce discours me laisse,*
*Ie tire au moins ce fruit, de mon attention,*
*D'auoir sceu vous complaire, en cette occasion;*
*Et sur chacun des points, qui semblent me confondre,*
*I'ay dequoy me deffendre, & dequoy vous respondre,*
*Si j'obtiens à mon tour, & l'oreille, & le cœur;*

LE ROY.

*Parlés, ie gaigneray, vaincu plus que vainqueur;*
*Ie garde encor pour vous, les sentimens d'vn pere,*
*Conuainqués-moy d'erreur, elle me sera chere;*

LADISLAS.

*Au retour de la chasse, hier, assisté des miens,*
*Le carnage du cerf, se preparant aux chiens,*
*Tombés sur le discours, des interests des Princes,*
*Nous en vinsmes sur l'art de regir les Prouinces;*

*Où chacun à son gré, forgeant des Potentats,*
*Chaçun selon son sens, gouuernant vos Estats,*
*Et presque aucun aduis, ne se treuuant conforme,*
*L'vn prise vostre regne, vn autre le reforme;*
*Il treuue ses censeurs, comme ses partisans;*
*Mais, generalement, chacun plaint vos vieux ans;*
*Moy, (sans m'imaginer, vous faire aucune injure)*
*Je coulay mes aduis, dans ce libre murmure;*
*Et mon sein, à ma voix, s'osant trop confier,*
*Ce discours m'eschapa, ie ne le puis nier;*
*Comment, dis-ie, mon pere accablé de tant d'âge,*
*Et sa force, à present seruant mal son courage,*
*Ne se descharge-t'il, auant qu'y succomber,*
*D'vn penible fardeau, Qui le fera tomber?*
*Deuroit-il, (me pouuant asseurer sa Couronne,)*
*Hasarder que l'Estat me l'oste, ou me la donne?*
*Et s'il veut conseruer, la qualité de Roy,*
*La retiendroit-il pas, s'en despoüillant pour moy?*
*Comme il fait murmurer, de l'âge qui l'accable,*
*Croit-il de ce fardeau ma ieunesse incapable?*
*Et n'ay-ie pas appris, sous son Gouuernement,*
*Assez de polytique, & de raisonnement,*
*Pour sçauoir à quels soings, oblige vn Diadesme?*
*Ce qu'vn Roy, doit aux siens, à l'Estat, à soy-mesme?*
*A ses Confederés, à la foy des traités,*

Dedans

*Dedans quels interests, ses droicts sont limitez ;*
*Quelle guerre est nuisible, & quelle d'importance,*
*A qui, quand, & comment, il doit son assistance ?*
*Et pour garder, enfin, ses Estats d'accidens,*
*Quel ordre, il doit tenir, & dehors, & dedans ?*
*Ne sçais-ie pas qu'vn Roy, qui veut qu'on le reuere,*
*Doit mesler à propos, l'affable, & le seuere ?*
*Et selon l'exigence, & des temps, & des lieux,*
*Sçauoir faire parler, & son front, & ses yeux !*
*Mettre bien la franchise, & la feinte en vsage,*
*Porter, tantost, vn masque, & tantost vn visage,*
*Quelque auis, qu'on luy donne, estre tousiours pareil,*
*Et se croire, souuent, plus que tout son conseil?*
*Mais sur tout (& delà, dépend l'heur des couronnes)*
*Sçauoir bien appliquer, les employs, aux personnes,*
*Et faire, par des choix, iudicieux, & sains,*
*Tomber le ministere, en de fidelles mains ;*
*Esleuer peu de gens, si haut qu'ils puissent nuire,*
*Estre lent à former, aussi bien qu'à destruire ;*
*Des bonnes actions, garder le souuenir,*
*Estre prompt à payer, & tardif à punir ;*
*N'est-ce pas, sur cét art (leur dis-ie) & ces maximes,*
*Que se maintient, le cours des regnes legitimes:*
*Voila, la verité, touchant le premier poinct,*
*I'aprens, qu'on vous la dite, & ne m'en deffens point ;*

LE ROY.

*Pourſuiués ;*

LADISLAS.

*à l'égard de l'ardente colere,*
*Ou vous meut, le party du Duc, & de mon frere ;*
*Dont l'vn eſt voſtre cœur, ſi l'autre eſt voſtre bras ;*
*Dõt l'vn regne, en voſtre ame, et l'autre en vos eſtats ;*
*I'en hay l'vn, il eſt vray, cet inſolent miniſtre,*
*Qui vous eſt precieux, autant, qu'il m'eſt ſiniſtre ;*
*Vaillãt, i'en ſuis d'accord, mais vain, fourbe, flateur,*
*Et de voſtre pouuoir, ſecret vſurpateur ;*
*Ce Duc, à qui voſtre ame, à tous autres obſcure,*
*Sans crainte, s'abandonne, & produit toute pure ;*
*Et qui, ſouz voſtre nom, beaucoup plus Roy que vous*
*Met, à me deſſeruir, ſes plaiſirs, les plus doux ;*
*Vous fait mes actions, plaines de tant de vices,*
*Et me rend, prés de vous, tant de mauuais offices ;*
*Que vos yeux preuenus, ne treuuent plus en moy ?*
*Rien, qui vous repreſente, &, qui promette vn Roy ;*
*Ie feindrois, d'eſtre aueugle, & d'ignorer l'enuie,*
*Dont, en toute rencontre, il vous noircit ma vie ;*
*S'il ne s'en vſurpoit, & m'oſtoit les emplois,*
*Qui, ſi ieune, m'ont fait, l'effroy, de tant de Rois ;*
*Et dont ces derniers iours, il à des Moſcouites,*
*Arreſté les progrés, & reſtraint les limites ;*
*Partant, pour cette grande, & fameuſe action,*

*Vous en mistes le prix, à sa discretion;*
*Mais, s'il n'est trop puissant pour craindre ma colere,*
*Qu'il pense meurement, au choix de son salaire;*
*Et que le grand credit, qu'il possede à la Cour,*
*S'il méconnoist mon rang, respecte mon amour;*
*Où tout brillant qu'il est, il luy sera friuole,*
*Je n'ay point, sans sujet lasché cette parole;*
*Quelques bruits, m'ōt apris, jusqu'où vōt vos desseins;*
*Et c'est vn des sujets, Seigneur, dont je me plains;*

LE ROY.

*Acheués.*

LE PRINCE.

*Pour mon frere, apres son insolence,*
*Ie ne puis m'emporter, à trop de violence;*
*Et de tous vos tourments, la plus affreuse horreur,*
*Ne le sçauroit soustraire, à ma juste fureur.*
*Quoy, quand le cœur, outré de sensibles atteintes,*
*Ie faits entendre au Duc, le sujet de mes plaintes;*
*Et de ses procedés, justement irrité,*
*Veux mettre quelque frein, à sa temerité,*
*Estourdy, furieux, & poussé d'vn faux Zele,*
*Mon frere, contre moy, veut prendre sa querelle;*
*Et bien plus, sur l'espée, ose porter la main!*

*Ha! i'atteste du Ciel, le pouuoir souuerain,*
*Qu'auant que le Soleil, sorty du sein de l'onde,*
*Oste, & rende le iour, aux deux moitiés du monde;*
*Il m'ostera le sang, qu'il n'a pas respecté,*
*Ou me fera raison, de cette indignité;*
*Puisque, ie suis au peuple, en si mauuaise estime,*
*Il la faut meriter, du moins, par vn grand crime;*
*Et de vos chastimens, menacé tant de fois,*
*Me rendre vn digne objet, de la rigueur des Loix;*

LE ROY. bas.

*Que puis-ie plus tenter, sur cette ame hautaine?*
*Essayons l'artifice, ou la rigueur est vaine;*
*Puisque, plainte, froideur, menace, ny prison,*
*Ne l'ont pû, iusqu'icy, reduire à la raison;*

Il dit au Prince.

*Ma creance, mon fils, sans doute, vn peu legere,*
*N'êt pas sãs quelque erreur, et cette erreur m'êt chere;*
*Estouffons nos discords, dans nos embrassements,* Il l'embrasse.
*Ie ne puis de mon sang, forcer les mouuements;*
*Je luy veux bien ceder, & malgré ma colere,*
*Me confesser vaincu, par ce que ie suis pere;*
*Prince, il est temps, qu'enfin, sur vn trosne commun;*
*Nous ne fassions qu'vn regne, et ne soyons plus qu'vn,*
*Si proche du cerceüil, où ie me voy descendre,*
*Je me veux voir en vous, renaistre de ma cendre;*

*Et par vous, à couuert, des outrages du temps,*
*Commencer à mon âge, vn regne de cent ans;*

LE PRINCE.

*De vostre seul repos, depend toute ma ioye;*
*Et si vostre faueur, iusques-là se desploye;*
*Ie ne l'accepteray, que comme vn noble employ,*
*Qui parmy vos sujets, fera conter, vn Roy;*

---

## SCENE DEVXIESME.

ALEXANDRE, LE ROY, LE PRINCE.

ALEXANDRE.

S*Eigneur......*

LE ROY.

*Que voulés-vous? sortés;*

ALEXANDRE.

*Je me retire,*
*Mais si vous.....*

LE ROY.

*Qu'est-ce encor? que me vouliés vous dire?*
*A quel estrange office, Amour, me reduis-tu!*
*De faire accueil au vice, & chasser la vertu!*

ALEXANDRE.

*Que si vous ne daignés m'admettre, en ma deffense,*

*Vous donnerés le tort, à qui reçoit l'offense;*
*Le Prince, est mon aisné, ie respecte son rang,*
*Mais, nous ne differons, ny de cœur, ny de sang,*
*Et pour vn démentir, j'ay trop....*

LE ROY.

*Vous temeraire.*
*Vous la main, sur l'espée! & contre vostre frere!*
*Contre mon successeur, en mon autorité!*
*Implorés, insolent, implorez sa bonté;*
*Et par vn repentir, digne de vostre grace,*
*Merités le pardon, que ie veux qu'il vous fasse;*
*Allés, demandés-luy; Vous, tendés-luy les bras;*

ALEXANDRE.

*Considerés, Seigneur!*

LE ROY.

*Ne me repliqués pas.*

ALEXANDRE. bas

*Flechirõs nous, mõ cœur, sous cette humeur hautaine!*
*Oüy, du degré de l'âge, il faut porter la peine,*
*Que j'ay de repugnance, à cette lascheté!*
*O Ciel! pardonnez-donc, à ma temerité,*
Parlant au Prince *Mon frere, vn pere enjoint que ie vous satisface,*

*J'obeïs à son ordre, & vous demande grace;*
*Mais par cét ordre, il faut me tendre aussi les bras.*

LE ROY.

*Dieux! le cruel, encor, ne le regarde pas!*

LE PRINCE.

*Sans eux, suffit-il pas, que le Roy, vous pardonne;*

LE ROY.

*Prince, encor vne fois, donnez-les, ie l'ordonne;*
*Laissez, à mon respect, vaincre vostre courous.*

LE PRINCE embrassant son frere.

*A quelle lascheté, Seigneur, m'obligez-vous!*
*Allez, & n'imputez, cet excez d'indulgence,*
*Qu'au pouuoir absolu, qui retient ma vengeance;*

ALEXANDRE bas.

*O Nature! ô Respect, que vous m'estes cruels!*

LE ROY.

*Changez ces differens, en des vœux mutuels;*
*Et quand je suis en paix, auec toute la Terre,*
*Dans ma maison, mes fils, ne mettez point la guerre;* L'Infant sort.
*Faites-venir le Duc, Infant.*

## SCENE TROISIESME.

### LE ROY, LE PRINCE.

LE ROY.

Prince, arrestez;

LE PRINCE.

*Vous voulez m'ordonner, encor de lascheté!*
*Et pour ce traistre, encor, solliciter ma grace!*
*Mais pour des ennemis, ce cœur n'a plus de place,*
*Vostre sang, qui l'anime, y repugne à vos loix;*
*Aymés cét insolent, conseruez vostre choix;*
*Et du bandeau royal, qui vous couure la teste,*
*Payez, si vous voulez, sa derniere conqueste;*
*Mais souffrés-m'en, Seigneur, vn mespris genereux,*
*Laisses ma haine libre, aussi bien que vos vœux,*
*Souffrez ma dureté, gardant vostre tendresse,*
*Et ne m'ordonnés point, vn acte de foiblesse.*

LE ROY.

*Mon fils, si prest du trosne, où vous allez monter,*
*Prest d'y remplir ma place, & m'y representer;*
*Aussi bien souuerain, sur vous, que sur les autres,*
*Prenés mes sentimens, et despoüillez les vostres;*

*Donnés à mes souhaits (de vousmesme vainqueur,)*
*Cette noble foiblesse, & digne d'vn grand cœur,*
*Qui vous fera priser, de toute la Prouince;*
*Et Monarque, oubliés, les differends du Prince.*

LE PRINCE.

*Ie prefere ma haine, à cette qualité,*
*Dispensés-moy, Seigneur, de cette indignité.*

---

## SCENE QVATRIESME.

LE DVC DE CVRLANDE, LE ROY, ALEXANDRE, LE PRINCE, OCTAVE.

LE ROY.

*EStouffez cette haine, où ie prends sa querelle;*
*Duc, salués le Prince.*

LE PRINCE l'embrassant auec peine.

*O contrainte cruelle.* Ils s'embrassent.

LE ROY.

*Et d'vne estroite ardeur, vnis à l'aduenir,*
*De vos discords passés, perdes le souuenir;*

LE DVC.

*Pour luy prouuer, à quoy, mon Zele me conuie,*
*Je voudrois perdre encor, & le sang, & la vie;*

LE ROY.

*Assés d'occasions, de sang, & de combats,*

*Ont signalé pour nous, & ce cœur, & ce bras;*
*Et vous ont trop acquis, par cét illustre Zele,*
*Tout ce qui d'vn mortel, rend la gloire immortelle;*
*Mais vos derniers progrez (qui certes m'ont surpris)*
*Passent toute creance, & demandent leur pris,*
*Auec si peu de gens, auoir fait nos frontieres,*
*D'vn si puissant party, les sanglants cimetieres;*
*Et dans si peu de iours, par d'incroyables faits,*
*Reduit le Moscouite à demander la paix;*
*Ce sont des actions, dont la recognoissance,*
*Du plus riche Monarque, excede la puissance;*
*N'exceptez rien, aussi, de ce que ie vous doibs,*
*Demandés; i'en ay mis le pris, à vostre choix;*
*Enuers vostre valeur, acquittez ma parole;*

LE DVC.

*Je vous dois tout, Grand Roy.*

LE ROY.

*Ce respect est friuole;*
*La parole des Roys, est vn gage important,*
*Qu'ils doiuent, (le pouuant) retirer à l'instant;*
*Il est d'vn prix trop cher, pour en laisser la Garde,*
*Par le depost, la perte, ou l'oubly s'en hazarde;*

LE DVC.

*Puisque vostre bonté, me force à receuoir,*
*Le loyer d'vn tribut, et le prix d'vn deuoir;*

*Vn seruage, Seigneur, plus doux, que vostre Empire,*
*Des flames, et des fers, sont le prix, où i'aspire;*
*Si d'vn cœur consommé, d'vn amour violent,*
*La bouche, ose exprimer.....*

LE PRINCE.

*Arrestés, insolent;*
*Au vol de vos desirs, imposez des limites,*
*Et proportionnez, vos vœux, à vos merites;*
*Autrement, au mespris, & du trosne, & du iour,*
*Dans vostre infame sang, i'esteindray vostre amour;*
*Où mon respect s'oppose, apprenez, temeraire,*
*A seruir sans espoir, & souffrir, & vous taire;*
*Ou.....*

LE DVC sortant.

*Ie me tais, Seigneur, & puisque mon espoir,*
*Blesse vostre respect, il blesse mon deuoir.*

Il s'en va auec l'Infant.

## SCENE CINQVIESME.

LE ROY, LE PRINCE, OCTAVE.

LE ROY.

*PRince, vous emportant, à ce caprice extréme,*
*Vous mesnagés fort mal, l'espoir d'vn Diadéme;*
*Et vostre teste, encor, qui le pretend porter;*

LE PRINCE.

*Vous estes Roy, Seigneur, vous pouuez me l'oster;*
*Mais, i'ay lieu de me plaindre, & ma iuste colere,*
*Ne peut prendre des loix, ny d'vn Roy, ny d'vn pere;*

LE ROY.

*Ie dois bien moins en prendre, & d'vn fol, & d'vn fils;*
*Pensez, à vostre teste, & prenez en aduis.*

Il s'en va en colere.

---

## SCENE SIXIESME.

LE PRINCE, OCTAVE.

OCTAVE.

*O Dieux! ne sçauriez-vous, cacher mieux vostre haine;*

LE PRINCE.

*Veux-tu, que la cachant, mon attente soit vaine!*
*Qu'il vole à mon espoir, ce tresor amoureux,*
*Et qu'il fasse son prix, de l'objet de mes vœux?*
*Quoy, Cassandre, sera le prix d'vne victoire,*
*Qu'vsurpant mes emplois, il desrobe à ma gloire;*
*Et l'estat, qu'il gouuerne, à ma confusion,*
*L'espargne, qu'il manie, auec profusion,*
*Les siens, qu'il agrandit, les charges qu'il dispense,*

*Ne luy tiennent pas lieu, d'assez de recompense,*
*S'il ne me priue encor, du fruict de mon amour,*
*Et si m'ostant Cassandre, il ne m'oste le iour ;*
*N'est-ce pas de tes soings, & de ta diligence,*
*Que ie tiens le secret, de leur intelligence ?*

OCTAVE.

*Oüy, Seigneur, mais l'hymen, qu'on luy va proposer,*
*Au succés de vos vœux, la pourra disposer ;*
*L'infante l'a mandée, & par son entremise,*
*I'espere à vos souhaits, la voir bien-tost sousmise ;*
*Cependant, feignez mieux, & d'vn pere irrité,*
*Et d'vn Roy mesprisé, craignez l'authorité ;*
*Reposez sur nos soings, l'ardeur, qui vous transporte ;*

LE PRINCE.

*C'est mon Roy, c'est mon pere, il est vray, ie m'emporte ;*
*Mais ie treuue, en deux yeux, deux Rois plus absolus,*
*Et n'estant plus à moy, ne me possede plus ;*

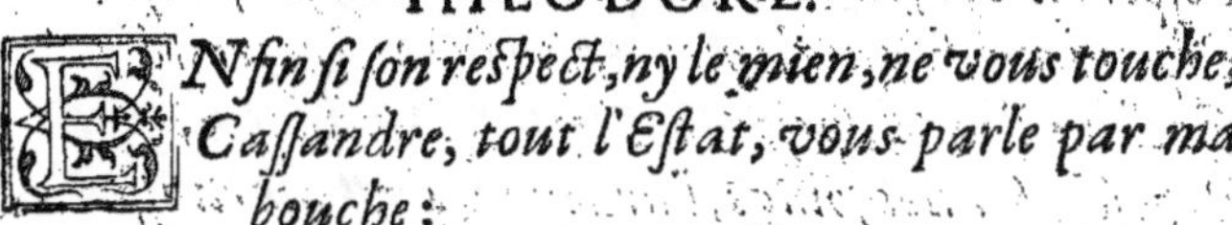

# ACTE SECOND.

## SCENE PREMIERE.

THEODORE. Infante. CASSANDRE.

THEODORE.

*ENfin si son respect, ny le mien, ne vous touche,*
*Cassandre, tout l'Estat, vous parle par ma bouche:*
*Le refus de l'hymen, qui vous sousmet sa foy,*
*Luy refuse vne Reyne, & veut oster vn Roy:*
*L'objet de vos mespris, attend vne couronne,*
*Que desia d'vne voix, tout le peuple luy donne;*
*Et de plus, ne l'attend, qu'afin de vous l'offrir;*
*Et vostre cruauté, ne le sçauroit souffrir?*

CASSANDRE.

*Non, ie ne puis souffrir, en quelque rang qu'il monte,*
*L'ennemy de ma gloire, & l'amant de ma honte;*
*Et ne puis, pour espoux, vouloir d'vn suborneur,*
*Qui voit qu'il a sans fruit, poursuiuy mon honneur;*

*Qui tant que sa poursuite, a creu m'auoir infame,*
*Ne m'a point souhaitée, en qualité de femme ;*
*Et qui n'ayant pour but, que ses salles plaisirs,*
*En mon seul deshonneur, bornoit tous ses desirs ;*
*En quelque objet qu'il soit, à toute la Prouince,*
*Ie ne regarde en luy, ny Monarque, ny Prince ;*
*Et ne voy sous l'esclat, dont il est reuestu,*
*Que de traistres appas, qu'il tend à ma vertu ;*
*Aprés ses sentimens, à mon honneur sinistres,*
*L'essay de ses presents, l'effort de ses ministres ;*
*Ses plaintes, ses escrits, & la corruption,*
*De ceux, qu'il crût, pouuoir seruir sa passion ;*
*Ces moyens vicieux, aidans mal sa poursuite,*
*Aux vertueux, enfin, son amour est reduite ;*
*Et pour venir à bout de mon honnesteté,*
*Il met tout en vsage, & crime, & pieté ;*
*Mais en vain il consent, que l'amour nous vnisse,*
*C'est appeller l'honneur, au secours de son vice ;*
*Puis, s'estant satisfait, on sçait qu'vn souuerain*
*D'vn Hymen qui déplaist, à le remede en main ;*
*Pour en rompre les nœuds, et colorer ses crimes,*
*L'Estat, ne manque pas, de plausibles maximes ;*
*Son infidelité, suiuroit de prés sa foy ;*
*Seul, il se considere ; il s'aime, et non pas moy.*

THEODORE.

*Ses vœux, vn peu boüillants, vous font beaucoup d'ombrage;*

CASSANDRE.

*Il vaut mieux, faillir moins, & craindre dauantage;*

THEODORE.

*La fortune vous rit, & ne rit pas tousiours;*

CASSANDRE.

*Ie crains son inconstance, & ses courtes amours;*
*Et puis, qu'est vn Palais, qu'vne maison pompeuse,*
*Qu'à nostre ambition, bastit cette trompeuse?*
*Où l'ame dans les fers, gemit à tout propos,*
*Et ne rencontre pas, le solide repos;*

THEODORE.

*Ie ne vous puis qu'offrir, apres vn Diadesme;*

CASSANDRE.

*Vous me donnerez plus, me laissant à moy-mesme;*

THEODORE.

*Seriez-vous moins à vous, ayant moins de rigueur?*

CASSANDRE.

*N'appelleriez-vous rien, la perte, de mon cœur?*

THEODORE.

*Vous feriez vn eschange, & non pas vne perte;*

CASSANDRE.

*Et, i'aurois cette injure, impunément soufferte!*
*Et, ce que vous nommés, des vœux vn peu boüillans,*

Ces

*Ces desseins criminels, ces efforts insolents,*
*Ces libres entretiens, ces messages infames,*
*L'esperance du rapt, dont il flattoit ses flames;*
*Et tant d'offres, enfin, dont il crût me toucher;*
*Au sang de Cunisberg, se pouroient reprocher?*

THEODORE.

*Ils ont, vostre vertu, vainement combattuë;*

CASSANDRE.

*On en pourroit douter, si ie m'en estois teuë;*
*Et si, sous cet hymen, me laissant asseruir,*
*Ie luy donnois vn bien, qu'il m'a voulu rauir;*
*Excusez ma douleur; ie sçay, sage Princesse,*
*Quelles soubmissions, ie dois à Vostre Altesse;*
*Mais, au chois, que mon cœur, doit faire d'vn espous*
*Si i'en croy mon honneur, ie luy dois plus qu'à vous;*

---

## SCENE DEVXIESME.

LE PRINCE, THEODORE, CASSANDRE.

LE PRINCE entrant à grands pas.

*CEde, cruel Tyran, d'vne amitié si forte,*
*Respect, qui me retiens, à l'ardeur qui m'éporte;*
*Sçachons si mon hymen, ou mon cercueil est prest.*

*Impatient d'attendre, entendons mon arrest!*
*Parlés, belle ennemie; il est temps de resoudre;*
*Si vous deués lancer, ou retenir la foudre;*
*Il s'agit de me perdre, ou de me secourir,*
*Qu'en aués vous conclu, faut-il viure, ou mourir?*
*Quel des deus voulés vous ou mon cœur, ou ma cédre?*
*Quelle des deux auray-ie, ou la mort, ou Cassandre?*
*L'Himen à vos beaux jours, joindra-t'il mon destin,*
*Ou si vostre refus, sera mon assassin.*

CASSANDRE.

*Me parlés-vous d'Hymen? & voudriés-vous pour femme,*
*L'indigne & vil objet, d'vne impudique flame;*
*Moy, Dieux! moy, la moitié, d'vn Roy, d'vn Potentat!*
*Ha Prince, quel present feriés vous à l'Estat!*
*De luy donner pour Reyne, vne femme suspecte;*
*Et quelle qualité, voulés-vous, qu'il respecte,*
*En vn objet infame, & si peu respecté,*
*Que vos salles desirs, ont tant sollicité!*

LE PRINCE.

*Il y respectera, la vertu la plus digne;*
*Dont l'épreuue, ayt jamais, fait vne femme insigne;*
*Et le plus adorable, et plus diuin objet;*
*Qui de son souuerain, feist jamais son sujet;*
*Ie sçay trop (& jamais) ce cœur ne vous aproche,*

Que confus de ce crime, il ne se le reproche :
A quel poinct d'insolence, & d'indiscretion,
Ma jeunesse, d'abord, porta ma passion ;
Il est vrai, qu'esbloüi de ces yeux adorables,
Qui font tant de captifs, & tant de miserables;
Forcé par leurs attraicts, si dignes de mes vœux,
Je les contemplai seuls, & ne recherchay qu'eux;
Mon respect s'oublia, dedans cette poursuitte,
Mais vn amour enfant, pût manquer de conduitte;
Il portoit son excuse, en son aueuglement,
Et c'est trop le punir, que du bannissement ;
Si-tost que le respect, m'a dessillé la veuë,
Et qu'outre les attraits, dont vous estes pourueuë,
Vostre soin, vostre rang, vos illustres aieux,
Et vos rares vertus, m'ont arresté les yeux.
De mes vœux, aussi-tost, reprimant l'insolence,
J'ai reduit souz vos loix, toute leur violence,
Et restraincte à l'espoir de nostre himen futur,
Ma flame a consommé, ce qu'elle auoit d'impur;
Le flambeau qui me guide, & l'ardeur qui me presse,
Cherche en vous vne espouse, & non vne maistresse;
Accordez-la, Madame, au repentir profond,
Qui détestant mon crime, à vos pieds me confond;
Souz cette qualité, souffrez que ie vous aime.
Et priuez-moy du iour, plustost que de vous-mesme;
Car, enfin, si l'on peche, adorant vos appas,

*Et si l'on ne vous plaist, qu'en ne vous aimant pas;*
*Cette offence, est vn mal, que ie veux tousiours faire,*
*Et ie consens plustost, à mourir qu'à vous plaire.*

CASSANDRE.

*Et mon merite, Prince, & ma condition,*
*Sont d'indignes objets de vostre passion;*
*Mais, quand i'estimerois, vos ardeurs veritables,*
*Et quand on nous verroit des qualitez sortables;*
*On ne verra iamais, l'hymen nous assortir,*
*Et ie perdray le iour, auant qu'y consentir;*
*D'abord, que vostre amour, fist voir dans sa pour-suite,*
*Et si peu de respect, & si peu de conduite;*
*Et que le seul objet d'vn dessein vicieux,*
*Sur ma possession, vous fist ietter les yeux;*
*Ie ne vous regarday, que par l'ardeur infame,*
*Qui ne m'appelloit point, au rang de vostre femme;*
*Et que par cet effort brutal, & suborneur*
*Dont vostre passion, attaquoit mon honneur;*
*Et ne considerant en vous, que vostre vice,*
*Je pris en telle horreur, vous, & vostre seruice,*
*Que si ie vous offence, en ne vous aimant pas,*
*Et si dans mes vœux seuls, vous treuuez des appas;*
*Cette offence est vn mal, que ie veux tousiours faire,*
*Et ie consens plustost, à mourir, qu'à vous plaire;*

LE PRINCE.

*Et bien, contre vn objet, qui vous fait tant d'horreur,*
*Inhumaine, exercez, toute vostre fureur,*
*Armez-vous contre moy, de glaçons, & de flames,*
*Inuentez des secrets, de tourmenter les ames;*
*Suscitez terre, & Ciel, contre ma passion,*
*Interessez l'Estat, dans vostre auersion;*
*Du trosne, où ie pretends, destournez son suffrage,*
*Et pour me perdre enfin, mettez tout en vsage;*
*Auec tous vos efforts, & tout vostre couroux,*
*Vous ne m'osterez pas, l'amour que i'ay pour vous;*
*Dans vos plus grands mespris, ie vous seray fidele;*
*Je vous adoreray, furieuse, & cruele;*
*Et pour vous conseruer, ma flame, & mon amour,*
*Malgré mon desespoir, conserueray le iour;*

THEODORE.

*Quoy, nous n'obtiendrõs rien de cette humeur altiere!*

CASSANDRE.

*Il m'a deu, m'attaquant, cognoistre toute entiere;*
*Et sçauoir que l'honneur, m'estoit sensible au poinct,*
*D'en conseruer l'iniure, & ne pardonner point;*

THEODORE.

*Mais vous vanger, ainsi, c'est vous punir vous-mesme;*
*Vous perdez auec luy, l'espoir d'vn Diadesme;*

CASSANDRE.

*Pour moi, le Diadesme, auroit de vains appas,*
*Sur vn front que i'ai craint, & que ie n'aime pas;*

THEODORE.

*Regner, ne peut desplaire, aux ames genereuses;*

CASSANDRE.

*Les trosnes, bien souuent, portent des malheureuses;*
*Qui souz le joug brillant, de leur authorité,*
*Ont beaucoup de sujets, & peu de liberté;*

THEODORE.

*Redoutez-vous vn joug, qui vous fait souueraine?*

CASSANDRE.

*Ie ne veux point despendre, & veux estre ma Reine;*
*Ou ma franchise, enfin, si iamais ie la perds,*
*Veut choisir son vainqueur, & cognoistre ses fers;*

THEODORE.

*Seruir vn sceptre en main, vaut bien vostre franchise.*

CASSANDRE.

*Sçauez-vous, si desia, ie ne l'ay point sousmise!*

LE PRINCE.

*Oüi, ie le sçay, cruele, & cognois mon riual,*
*Mais i'ai crû que son sort m'estoit trop inesgal,*
*Pour me persuader, qu'on dûst mettre en balance,*
*Le choix de mon amour, ou de son insolence.*

CASSANDRE.

*Vostre rang, n'entre pas, dedans ses qualitez,*
*Mais son sang, ne doit rien, au sang dont vous sortez,*
*Ny luy, n'a pas grand lieu de vous porter enuie;*

LE PRINCE.

*Insolente, ce mot, luy coustera la vie;*
*Et ce fer, en son sang, si noble, & si vanté,*
*Me va faire raison de vostre vanité;*
*Violons, violons; des loix trop respectées,*
*O sagesse, ô raison, que i'ay tant consultées!*
*Ne nous obstinons point à des vœux superflus;*
*Laissons mourir l'amour, ou l'espoir ne vit plus;*
*Allez, indigne objet, de mon inquietude,*
*J'ay trop long-temps souffert, de vostre ingratitude;*
*Ie vous deuois cognoistre, & ne m'engager pas*
*Aux trompeuses douceurs, de vos cruels appas;*
*Où m'estant engagé, n'implorer point vostre aide,*
*Et sans vous demander, vous rauir mon remede;*
*Mais, contre son pouuoir, mon cœur a combattu,*
*Je ne me repens pas d'vne acte de vertu;*
*De vos superbes loix, ma raison dégagée,*
*A guery mon amour, et croit l'auoir songée;*
*De l'indigne brazier, qui consommoit mon cœur,*
*Il ne me reste plus, que la seule rougeur;*
*Que la honte, & l'horreur, de vous auoir aimée;*

*Laisseront à iamais, sur ce front imprimée;*
*Oüy, i'en rougis, ingrate, & mon propre courous,*
*Ne me peut pardonner ce que i'ay fait pour vous;*
*Ie veux que la memoire, efface de ma vie,*
*Le souuenir du temps, que ie vous ay seruie;*
*J'estois mort, pour ma gloire, & ie n'ay pas vescu,*
*Tant que ce lasche cœur, s'est dit vostre vaincu;*
*Ce n'est que d'aujourd'huy qu'il vit, & qu'il respire;*
*D'aujourd'huy, qu'il renonce au joug de vostre Empire,*
*Et qu'auec ma raison, mes yeux, & luy d'accord,*
*Detestent vostre veuë, à l'égard de la mort;*

CASSANDRE.

*Pour vous en guerir, Prince, & ne leur plus déplaire,*
*Ie m'impose, moy-mesme, vn exil volontaire,*
*Et ie mettray grand soin, sçachant ces veritez,*
*A ne vous plus monstrer, ce que vous detestez;*
*Adieu.* Elle s'en va.

## SCENE TROISIESME.

LE PRINCE, THEODORE.

LE PRINCE interdit la regardant sortir.

*QVe faites-vous, ô mes lasches pensées,*

Suiuez

Suiuez-vous cette ingrate, estes-vous insensees ?
Mais plutost qu'as-tu fait, mon aueugle courroux
Adorable inhumaine, helas où fuyez-vous ?
Ma haine au nom d'amour & par pitié des larmes,
Que ce cœur enchanté donne encor à ses charmes,
Si vous voulez d'vn frere empescher le trespas
Suiuez cette insensible & retenez ses pas.

THEODORE.

La retenir, mon frere, apres l'auoir bannie.

LE PRINCE.

Ha contre ma raison seruez sa tyrannie,
Ie veux desaduoüer ce cœur seditieux,
La seruir, l'adorer, & mourir à ses yeux.
Priué de son amour ie cheriray sa haine.
I'aymeray ses mépris, ie beniray ma peine.
Se plaindre des ennuis que causent ses appas,
C'est se plaindre d'vn mal qu'on ne merite pas.
Que ie la voye aumoins si ie ne la possede,
Mon mal cherit sa cause, & croit par son remede.
Quand mon cœur à ma voix a feint de consentir,
Il estoit charmé, ie l'en veux dementir;
Ie mourois, ie brûlois, ie l'adorois dans l'ame,
Et le Ciel a pour moy fait vn sort tout de flame;
Allez.... Mais que fais-tu, stupide, & lâche amant! *Elle va.*
Quel caprice t'aueugle ? as-tu du sentiment ?

*Rentre, Prince sans cœur, vn moment en toy-mesme;*
*Me laissez-vous, ma sœur, en ce desordre extréme?*

THEODORE.

*I'allois la retenir.*

LE PRINCE.

*Hé! ne voyez-vous pas*
*Quel arrogant mépris precipite ses pas?*
*Auec combien d'orgueil elle s'est retiree?*
*Quelle implacable haine elle m'a declaree!*
*Et que m'exposer plus aux foudres de ses yeux*
*C'est dans sa frenesie armer vn furieux.*
*De mon esprit plutost chassez cette cruelle,*
*Condamnez les pensers qui me parleront d'elle.*
*Peignez-moy sa conqueste, indigne de mon rang,*
*Et soustenez en moy l'honneur de vostre sang.*

THEODORE.

*Ie ne vous puis celer que le traict qui vous blesse*
*Dedans vn sang Royal, treuue trop de foiblesse;*
*Ie voy de quels efforts vos sens sont combattus,*
*Mais les difficultez sont le champ des vertus;*
*Auec vn peu de peine on achepte la gloire.*
*Qui veut vaincre, est desia bien prés de la victoire;*
*Se faisant violence, on s'est bien-tost dompté,*
*Et rien n'est tant à nous que nostre volonté.*

LE PRINCE.

*Helas! il est aysé de iuger de ma peine,*
*Par l'effort qui d'vn têps m'emporte & me rameine;*
*Et par ces mouuemens si prompts & si puissans,*
*Tantost sur ma raison & tantost sur mes sens;*
*Mais quelque trouble enfin qu'ils vo⁹ fassêt paroistre*
*Ie vous croiray, ma sœur, & ie seray mon maistre,*
*Ie luy laisseray libre, & l'espoir & la foy,*
*Que son sang luy deffend d'éleuer iusqu'à moy;*
*Luy souffrant le mépris du rang qu'elle reiette,*
*Ie la perds pour maistresse, & l'acquiers pour suiette,*
*Sur qui regnoit sur moy i'ay des droicts absolus*
*Et la punis assez par son propre refus;*
*Ne renaissez donc plus mes flames estouffees,*
*Et du Duc de Cueilande augmentez les trofees.*
*Sa victoire m'honore, & m'oste seulement*
*Vn caprice obstiné, d'aimer trop bassement.*

THEODORE.

*Quoy, mon frere, le Duc auroit dessein pour elle?*

LE PRINCE.

*Ce mystere, ma sœur, n'est plus vne nouuelle;*
*Et mille obseruateurs que i'ay commis exprez*
*Ont si bien veu leurs feux qu'ils ne sont plus secrets.*

THEODORE.

*Ha!*

LE PRINCE.

*C'est de cette amour que procede ma haine;*

*Et non de sa faueur ( quoy que si souueraine )*
*Que i'ay sujet de dire, auec confusion*
*Que presque auprez de luy le Roy n'a plus de nom;*
*Mais puisque i'ay dessein d'oublier cette ingrate,*
*Il faut en le seruant que mon mépris éclate;*
*Et pour auec éclat en retirer ma foy,*
*Ie vais de leur hymen solliciter le Roy;*
*Je mettray de ma main mon riual en ma place,*
*Et ie verray leur flame auec autant de glace*
*Qu'en ma plus violente & plus sensible ardeur,*
*Cet insensible obiet eut pour moy de froideur.*

Il s'en va.

# SCENE IV.

THEODORE seule.

*O Raison égarée! ô raison suspenduë;*
*Iamais trouble pareil t'auoit-il confonduë?*
*Sottes presomptions, grandeurs qui nous flattez,*
*Est-il rien de menteur comme vos vanitez?*
*Le Duc aime Cassandre; & i'estois assez vaine,*
*Pour reputer mes yeux les autheurs de sa peine.*
*Et bien plus pour m'en plaindre, & les en accuser,*
*Estimant sa conqueste vn heur à mépriser.*
*Le Duc ayme Cassandre, & quoy tant d'apparences;*
*Tant de subiections, d'honneurs, de deferences;*

D'ardeurs, d'attachemens, de craintes, de tributs,
M'offroiẽt-ils à mes loix qu'vn cœur qu'il n'auoit pl⁹?
es souspirs, dont cent fois, la douce violence,
rtant desauoüee a trahy son silence,
s regards par les miens tant de fois rencontrez,
es deuoirs, les respects, les soins qu'il m'a monstrez,
ouenoient-ils d'vn cœur qu'vn autre obiet engage?
ais-je si mal d'amour expliquer le langage?
is-je d'vn simple hommage vne inclination?
formay-je vn fantosme à ma presomption?
Mais insensiblement renonçant à moy-mesme
auoüeray ma defaite, & ie croiray que i'ayme.
Quand i'en serois capable, aimerois-je où ie veux?
Aux raisons de l'Estat ne dois-je pas mes vœux?
Et ne sommes-nous pas d'innocentes victimes,
Que le gouuernement immole à ses maximes?
Mes vœux en vn vassal honteusement bornez,
Laisseroient-ils pour luy des riuaux couronnez?
Mais ne me flate point, orgueilleuse naissance,
L'amour sçait bien sans sceptre establir sa puissance;
Et sousmettant nos cœurs par de secrets appas
Fait les égalitez, & ne les cherche pas;
Si le Duc n'a le front chargé d'vne Couronne,
C'est luy qui les protege, & c'est luy qui les donne;
Par quelles actions se peut-on signaler,
Que....

## SCENE V.

LEONOR suiuante. THEODORE.

LEONOR.

*MAdame, le Duc demande à vous parler.*

THEODORE.

*Qu'il entre. Mais apres ce que ie viens d'apprendre,*
*Souffrir vn libre accez à l'amant de Cassandre,*
*Agreer ses deuoirs & le reuoir encor,*
*Lasche, le dois-je faire? attendez Leonor;*
*Vne douleur legere à l'instant suruenuë*
*Ne me peut auiourd'huy souffrir l'heur de sa veuë.*
*Faites-luy mon excuse. O Ciel! de quel poison*
Elle sort. *Sents-je inopinement attaquer ma raison?*
*Ie voudrois à l'amour paroistre inaccessible,*
*Et d'vn indifferend la perte m'est sensible:*
*Ie ne puis estre sienne, & sans dessein pour luy,*
*Ie ne puis consentir ses desseins pour autruy.*

## SCENE VI.

LEXANDRE, THEODORE, LEONOR.

ALEXANDRE.

*COmment? du Duc ma sœur refuser la visite?*
*D'où vo⁹ viẽt ce chagrin? & quel mal vo⁹ l'excite?*

THEODORE.

*n leger mal de cœur qui ne durera pas.*

ALEXANDRE.

*n aduis de ma part portoit ici ses pas.*

THEODORE.

*uel?*

ALEXANDRE.

*Croyant que Cassandre estoit de la partie.*

THEODORE.

*A peine deux momens ont suiui sa sortie.*

ALEXANDRE.

*Et sçachant à quel poinct ses charmes luy sont doux*
*e l'auois aduerti de se rendre chez vous*
*Pour vous solliciter vers l'obiet qu'il adore*
*D'vn secours que ie sçay, Ladislas l'implore.*
*ous cognoissez le Prince, & vous pouuez iuger*

Si sous d'honnestes loix amour le peut ranger,
Ses mauuais procedez ont trop dit ses pensées,
On peut voir l'aduenir dans les choses passées;
Et iuger aysément qu'il tend à son honneur,
Sous ces appas d'hymen vn appas suborneur;
Mais parlant pour le Duc, si ie vous sollicite,
De la protection d'une ardeur illicite,
N'en accusez que moy, demandez-moy raison,
Ou de son insolence ou de sa trahison.
C'est moy ma chere sœur qui réponds à Cassandre
D'vn brazier dont iamais on ne verra la cendre,
Et du plus pur amour de qui iamais mortel
Dans le temple d'hymen ait encensé l'Autel;
Seruez, contre vne impure, vne ardeur si parfaite.

THEODORE se retirant appuyée sur Leonor.

Elles s'en vont.

Mon mal s'accroist, mon frere, agreez ma retraite.

ALEXANDRE seul.

O sensible contrainte! ô rigoureux ennuy!
D'estre obligé d'aimer dessous le nom d'autruy.
Outre que ie pratique vne ame preuenuë,
Quel fruict peut tirer d'elle vne flame incognuë?
Et que puis-je espérer sous ce respect fatal
Qui cache le malade en découurant le mal?
Mais quoy que sur mes vœux mõ frere ose entrepren-(dre
I'ay tort de craindre rien sous la foy de Cassandre;
Et certain du secours, & d'vn cœur & d'vn bras
Qui pour la conseruer ne l'espargneroient pas.

ACTE

# ACTE III.

## SCENE PREMIERE.

LE DVC de Cueilland fauory.

QVE m'auez-vous produit indiscrettes pensees,
Temeraires desirs, passions insensees?
Efforts d'vn cœur mortel, pour d'immortels appas,
Qu'on a d'vn vol si haut, precipitees si bas;
Espoirs qui iusqu'au Ciel sousleuiez de la terre,
Deuiez-vous pas sçauoir, que iamais le tonnerre,
Qui dessus vostre orgueil enfin vient d'éclater,
Ne pardonne aux desseins que vous oziez tenter;
Quelque profond respect qu'ait eu vostre poursuite,
Vous voyez qu'vn refus vous ordonne la fuite;
Euitez les combats que vous vous preparez,
Iugez-en le peril, & vous en retirez.

*Qu'ay-je droict d'esperer, si l'ardeur qui me presse*
*Irrite également le Prince & la Princesse,*
*Si voulant hazarder, ou ma bouche, ou mes yeux*
*Ie fais l'vne malade, & l'autre furieux.*
*Apprenons l'art, mon cœur, d'aimer sans esperance,*
*Et souffrir des mespris, auecques reuerence.*
*Resoluons-nous sans honte aux belles laschetez,*
*Que ne rebuttent pas des deuoirs rebutez;*
*Portons sans interest vn ioug si legitime,*
*N'en ozant estre amant, soyons-en la victime;*
*Exposons vn esclaue, à toutes les rigueurs*
*Que peuuent exercer de superbes vainqueurs.*

---

## SCENE II.

ALEXANDRE, LE DVC.

ALEXANDRE.

*DVc, vn trop long respect me taist vostre pensée;*
*Nostre amitié s'en plaint & s'ẽ trouue offensée;*
*Elle vous est suspecte, ou vous la violez,*
*Et vous me dérobez ce que vous me celez;*
*Qui donne toute vne ame en veut aussi d'entieres,*
*Et quand vos interests m'ont fourny des matieres,*
*Pour les bien embrasser, ce cœur vrayement amy*
*Ne s'est point contenté de s'ouurir à demy;*

Et i'ay d'vne chaleur genereuse & sincere,
Fait pour vous tout l'effort que l'amitié peut faire:
Cependant vous semblez encor mal asseuré,
Mettre en doute vn serment si sainctement iuré;
Ie lis sur vostre front des passions secrettes,
Des sentimens cachez, des atteintes muettes,
Et d'vn œil qui vous plaint, & toutefois jaloux,
Voy que vous reseruez vn secret tout à vous.

LE DVC.

Quand i'ay creu mes ennuis capables de remede,
Ie vous en ay fait part, i'ay reclamé vostre aide.
Et i'en ay veu l'effect si boüillant & si prompt
Que le seul souuenir m'en charme & me confond;
Mais quand ie croy mon mal de secours incapable,
Sans vous le partager il suffit qu'il m'accable;
Et c'est assez & trop qu'il fasse vn malheureux,
Sans passer iusqu'à vous, & sans en faire deux.

ALEXANDRE.

L'amy qui souffre seul fait vne iniure à l'autre,
Ma part de vostre ennuy diminuëra la vostre;
Parlez, Duc, & sans peine ouurez-moy vos secrets,
Hors de vostre party ie n'ay plus d'interests;
I'ay sceu que vostre grande & derniere iournee
Par la main de l'amour veut estre couronnee;
Et que voulant au Roy qui vous en doit le prix

*Declarer la beauté qui charme vos esprits ;*
*D'vn frere impetueux l'ordinaire insolence*
*Vous a fermé la bouche, & contraint au silence ;*
*Souffrez, sans expliquer l'interest qu'il y prend,*
*Que i'en aille pour vous vuider le differend ;*
*Et ne m'en faites point craindre les consequences ;*
*Il faut qu'enfin quelqu'vn reprime ses licences ;*
*Et le Roy ne pouuant nous en faire raison*
*Ie me treuue & le cœur & le bras assez bon ;*
*Mais m'offrant à seruir les ardeurs qui vous pressent*
*Que i'apprenne du moins à qui vos vœux s'adressent.*

LE DVC.

*I'ay veu de vos bontez des effects assez grands,*
*Sans vous faire auec luy de nouueaux differends ;*
*Sans irriter sa haine, elle est assez aigrie.*
*Il est Prince, Seigneur, respectons sa furie ;*
*A ma mauuaise étoile imputons mon ennuy,*
*Et croyons-en le sort plus coupable que luy.*
*Laissez à mon amour taire vn nom qui l'offense ;*
*I'ay des respects encor plus forts que sa defense,*
*Et qui plus qu'aucun autre ont droict de me lier,*
*Tout precieux qu'il m'est, m'ordonnent d'oublier ;*
*Laissez-moy retirer d'vn champ d'où ma retraite*
*Peut seule à l'ennemi dérober ma deffaite.*

ALEXANDRE.

Ce silence obstiné m'apprend vostre secret,
Mais il tombe en vn sein, genereux & discret,
Ne me le celez plus, Duc, vous aimez Cassandre;
C'est le plus digne obiect où vous puißiez pretendre;
Et celui dont le Prince adorant son pouuoir
A le plus d'interest d'esloigner vostre espoir;
Traitant l'amour pour moy vostre propre franchise
A donné dans ses rets, & s'y treuue surprise;
Et mes desseins pour elle aux vostres preferez
Sont ces puissans respects, à qui vous deferez:
Mais vous craignez à tort qu'vn ami vous accuse
D'vn crime, dont Cassandre est la cause & l'excuse;
Quelque auguste ascendãt qu'ayẽt sur moy ses apas.

LE DVC.

Ne vous estonnez point si ie ne responds pas;
Ce discours me surprend, & cette indigne plainte
Me liure vne si rude & si sensible attainte,
Qu'égaré, ie me cherche, & demeure en suspends
Si c'est vous qui parlez, ou moy qui vous attends.
Moy, vous trahir, Seigneur, moy, sur cette Cassandre
Prés de qui ie vo⁹ sers, pour moy-mesme entreprẽdre
Sur vn amour si stable & si bien affermi;
Vous me croyez bien lasche, ou bien peu vostre ami.

ALEXANDRE.

*Croiriez-vous l'adorant m'alterer vostre estime.*

LE DVC.

*Me pourriez-vous aimer, coupable de ce crime!*

ALEXANDRE.

*Confident, ou riual, ie ne vous puis haïr;*

LE DVC.

*Sincere & genereux ie ne vous puis trahir.*

ALEXANDRE.

*L'amour surprẽd les cœurs, & s'ẽ rẽd biẽ tost maistre.*

LE DVC.

*La surprise ne peut iustifier vn traistre;*
*Et tout homme de cœur pouuant perdre le iour,*
*A le remede en main des surprises d'amour.*

ALEXANDRE.

*Pardonnez vn soupçon, non pas vne creance*
*Qui naissoit du defaut de vostre confiance.*

LE DVC.

*Ie veux bien l'oublier, mais à condition*
*Que ce mesme defaut soit sa punition;*
*Et qu'il me soit permis vne fois de me taire,*
*Sans que vostre amitié s'en plaigne, ou s'en altere.*

*Au reste, (& cet aduis) s'ils vous estoient suspects*
*ous peut iustifier mes soins & mes respects.*
*assandre par le Prince est si persecutee*
*t d'agents si puissans, pour luy sollicitee,*
*ue si vous luy voulez sauuer sa liberté*
*n'est plus temps d'aimer sous vn nom emprunté,*
*ssez, & trop long-temps sous ma feinte poursuite*
*y de vostre dessein mesnagé la conduite;*
*vos vœux sous couleur de seruir mon amour*
*nt assez esbloüy tous les yeux de la Cour.*
*e l'artifice enfin, il faut bannir l'vsage,*
*faut leuer le masque, & monstrer le visage;*
*us deuez de Cassandre establir le repos,*
*u'vn riual persecute, & trouble à tout propos*
*n amour, en sa foy vous a donné des gages.*
*est temps que l'hymen regle vos aduantages.*
*faisant l'vn heureux en laisse vn mécontent.*
*aduis vient de sa part, il vous est important.*
*vous tais cent raisons qu'elle m'a fait entendre*
*rriuant chez l'Infante, où ie viens de la rendre;*
*ui hautement du Prince embrassant le party,*
*a mande, (s'il est vray ce qu'elle a pressenty)*
*our d'vn nouuel effort en faueur de sa peine*
*ettre encor vne fois son esprit à la gesne.*
*ardez-vous de l'humeur d'vn sexe ambitieux*
*'esperance d'vn sceptre est brillante à ses yeux.*
*Et de ce soin enfin vn hymen vous libere.*

ALEXANDRE.

*Mais me libere-t'il du pouuoir de mon pere,*
*Qui peut....*

LE DVC.

*Si vostre amour defere à son pouuoir,*
*Et si vous vous reglez par la loy du deuoir;*
*Ne precipitez rien qu'il ne vous soit funeste,*
*Mais vous souffrés bien peu d'vn trãsport si modeste,*
*Et l'ardent procedé, d'vn frere impetueux*
*Marque bien plus d'amour qu'vn si respectueux.*

ALEXANDRE.

*Non, non, ie laisse à part les droicts de la nature,*
*Et commets à l'amour toute mon aduenture,*
*Puis qu'il fait mon destin, qu'il regle mon deuoir,*
*Ie prends loy de Cassandre, espousons dés ce soir;*
*Mais Duc, gardons encor d'éuenter nos pratiques,*
*Trõpons pour quelques iours iusqu'à ses domestiques*
*Et hors de ses plus chers dont le zele est pour nous.*
*Aueuglons leur creance & passez pour l'époux.*
*Puis l'hymen accompli sous vn heureux auspice,*
*Que le temps parle apres & fasse son office,*
*Il n'excitera plus qu'vn impuissant courroux,*
*Ou d'vn pere surpris, ou d'vn frere jaloux.*

LE

LE DVC.

*Quoy que visiblement mon credit se hazarde*
*Ie veux bien l'exposer, pour ce qui vous regarde,*
*Et plus vostre que mien, ne puis auec raison,*
*Auoir donné mon cœur, & refuser mon nom;*
*Le vostre......*

## SCENE III.

CASSANDRE, ALEXANDRE, LE DVC.

CASSANDRE en colere de chez l'Infante.

ET *bien, Madame, il faudra se resoudre*
*A voir sur nostre sort tomber ce coup de foudre;*
*Vn fruict de vostre aduis s'il nous iette si bas,*
*Et que la cheute au moins ne nous surprendra pas.*
*Ha! Seigneur, mettez fin à ma triste aduenture,* Aduisant l'Infant,
*Mettra-t'on tous les iours mon ame à la torture?*
*Souffriray-je long-temps vn si cruel tourment?*
*Et ne vous puis-je, enfin, aimer impunément?*

ALEXANDRE.

*Quel outrage, Madame, émeut vostre colere?*

CASSANDRE.

*La fureur d'vne sœur, pour l'interest d'vn frere;*

*Son tyrannique effort veut éblouïr mes vœux,*
*Par le lustre d'vn ioug éclatant & pompeux;*
*On pretend m'aueugler auec vn diadéme,*
*Et l'on veut malgré moy que ie regne, & que i'aime:*
*C'est l'ordre qu'on m'impose, où le Prince irrité*
*Abandonnant sa haine à son authorité,*
*Doit laisser aux neveux le plus tragique exemple,*
*Et d'vn mespris vengé la marque la plus ample*
*Dont le sort ait iamais son pouuoir signalé,*
*Et dont iusques ici les siecles ayent parlé.*
*Voila les complimens que l'amour leur suscite,*
*Et les tendres motifs dont on me sollicite.*

ALEXANDRE.

*Rendez, rendez le calme à ces charmans appas;*
*Laissez gronder le foudre, il ne tombera pas;*
*Ou l'artizan des maux que le sort vous destine,*
*Tombera le premier dessous vostre ruine;*
*Fondez vostre repos en me faisant heureux,*
*Couppons dés cette nuict tout accez à ses vœux,*
*Et voyez sans frayeur, quoy qu'il ose entreprendre,*
*Quand vous m'aurez commis vne femme à defendre,*
*Et quand ouuertement, en qualité d'époux,*
*Mon deuoir m'enioindra de répondre de vous.*

LE DVC.

*Preuenez dés ce soir l'ardeur qui le transporte.*

*Aux desseins importans la diligence importe:*
*L'ordre seul de l'affaire est à considerer:*
*Mais tirons-nous d'icy pour en deliberer.*

CASSANDRE.

*Quel trouble? quelle allarme? & quels soins me possedent?*

## SCENE IV.

LE PRINCE, ALEXANDRE, CASSANDRE, LE DVC.

LE PRINCE.

*MAdame, il ne se peut que mes vœux ne succedent,*
*I'aurois tort d'en douter, & de redouter rien*
*Auec deux Confidens qui me seruent si bien,*
*Et dont l'affection part du profond de l'ame;*
*Ils vous parloiët (sans doute) en faueur de ma flame.*

CASSANDRE.

*Vous les desaduoüeriez de m'en entretenir,*
*Puis que ie suis si mal en vostre souuenir,*
*Qu'il veut mesme effacer du cours de vostre vie;*
*La memoire du temps que vous m'auez seruie;*

*Et qu'auec luy vos yeux & vostre cœur d'accord*
*Detestent ma presence, à l'égard de la mort.*

LE PRINCE.

*Vous en faites la vaine, & tenez ces paroles*
*Pour des propos en l'air, & des contes friuoles.*
*L'amour me les dictoit, & i'estois transporté,*
*S'il s'en faut rapporter, à vostre vanité:*
*Mais si i'en suis bon iuge, & si ie m'en dois croire*
*Ie voy peu de matiere à tant de vaine gloire:*
*Ie ne voy point en vous d'appas si surprenans*
*Qu'ils vous doiuent donner des titres eminens:*
*Rien ne releue tant l'éclat de ce visage:*
*Ou vous n'en mettez pas tous les traits en vsage.*
*Vos yeux ces beaux charmeurs, auec tous leurs appas*
*Ne sont point accusez de tant d'assassinats.*
*Le ioug que vous croyez tomber sur tant de testes*
*Ne porte point si loin le bruit de vos conquestes,*
*Hors vn seul, dont le cœur se donné à trop bon pris:*
*Vostre empire s'estend sur peu d'autres esprits.*
*Pour moy qui suis facile, & qui bien-tost me blesse,*
*Vostre beauté m'a pleu, i'auoueray ma foiblesse,*
*Et m'a cousté des soins, des deuoirs & des pas,*
*Mais du dessein, ie croy, que vous n'en doutez pas:*
*Vous auez eu raison de ne vous pas promettre*
*Vn hymen que mon rang ne me pouuoit permettre.*
*L'interest de l'Estat qui doit regler mon sort,*

*[A]uecque mon amour, n'en estoit pas d'accord:*
*[A]uec tous mes efforts i'ay manqué de fortune,*
*[V]ous m'auez resisté la gloire en est commune:*
*[S]i contre vos refus i'eusse creu mon pouuoir,*
*[V]n facile succez eust suiui mon espoir:*
*[D]érobant ma conqueste elle m'estoit certaine,*
*[M]ais ie n'ay pas treuué qu'elle en valust la peine:*
*[E]t bien moins de vous mettre au rang où ie pretends,*
*[E]t de vous partager le sceptre que i'attends.*
*[V]oila toute l'amour que vous m'auez causee,*
*[S]i vous en croyez plus, soyez desabusee,*
*[V]ostre mépris enfin m'en produit vn commun;*
*[I]e n'ay plus resolu de vous estre importun:*
*[I]'ay perdu le desir auec l'esperance,*
*[E]t pour vous témoigner de quelle indifference*
*[I]'abandonne vn plaisir que i'ay tant poursuiui,*
*[I]e veux rendre vn seruice à qui m'a desserui.*
*[I]e ne vous retiens plus, conduisez-la mon frere,*
*[E]t vous Duc, demeurez.*

CASSANDRE donnant la main à Alexandre.

*O la noble colere!*
*[C]onseruez-moy long-temps ce genereux mépris,*
*[E]t que bien-tost, Seigneur, vn trône en soit le pris!*

# SCENE V.

LE PRINCE, LE DVC.

LE PRINCE *bas.*

*Dieux! auec quel effort & quelle peine extrême*
*Ie cõsens ce depart qui m'arrache à moi-même,*
*Et qu'vn rude combat m'affranchit de sa loy.*
*Duc, i'allois pour vous voir, & de la part du Roy.*

LE DVC.

*Quelque loy qu'il m'impose elle me sera chere.*

LE PRINCE.

*Vous sçauez s'il vous aime, & s'il vous considere:*
*Il vous faict droict aussi, quand il vous aggrandit,*
*Et sur vostre vertu fonde vostre credit.*
*Cette mesme vertu, condamnant mon caprice,*
*Veut qu'en vostre faueur ie souffre sa iustice,*
*Et le laisse acquitter à vos derniers exploicts*
*Du prix que sa parole a mis à vostre choix.*
*Vsez donc pour ce choix du pouuoir qu'il vous donne,*
*Venez choisir vos fers, qui sont vostre Couronne;*
*Declarez-luy l'obiet que vous considerez,*
*Ie ne vous defends plus l'heur où vous aspirez:*

t de vostre valeur, verray la recompense:
omme sans interest, aussi sans repugnance.

LE DVC.

Mon espoir auoüé par ma temerité,
u succez de mes vœux autrefois m'a flatté:
ais, depuis mon malheur, d'estre en vostre disgrace,
visible mespris a destruit cette audace.
qui se voit des yeux, le commerce interdit,
t bien vain, s'il espere & vante son credit.

LE PRINCE.

in de vous desseruir & vous estre contraire;
vais de vostre hymen solliciter mon pere;
y desia sa parole, & s'il en est besoin
rés de cette beauté, vous offre encor mon soin.

LE DVC.

n vain ie l'obtiendray de son pouuoir supresme
ie ne puis encor l'obtenir d'elle-mesme.

LE PRINCE.

croy que les moyens vous en feront aisez.

LE DVC.

os soins en ma faueur les ont mal disposez.

LE PRINCE.

*Auec vostre vertu ma faueur estoit vaine.*

LE DVC.

*Mes efforts estoient vains, auecque vostre haine.*

LE PRINCE.

*Mes interests cessez releuent vostre espoir.*

LE DVC.

*Mes vœux humiliez reuerent mon deuoir.*
*Et l'ame qu'vne fois on a persuadee*
*A trop d'attachement à sa premiere idée,*
*Pour reprendre si tost l'estime ou le mespris,*
*Et guerir aisément d'vn degoust qu'elle a pris.*

---

# SCENE VI.

LE ROY, LE PRINCE, LE DVC, GARDES.

LE ROY au Duc.

*VEnez heureux appuy que le Ciel me suscite,*
*Degager ma promesse enuers vostre merite;*
*D'vn cœur si genereux ayant seruy l'Estat*
*Vous desseruez son Prince en le laissant ingrat;*
*I'engagé mon honneur engageant ma parole,*
*Le prix qu'on vous retiẽt est vn bien qu'on vous vole,*
*Ne me le laissez plus, puisque ie vous le dois,*
*Et declarez l'objet dont vous auez fait chois.*

En

*En vostre recompense éprouuez ma iustice,*
*Du Prince la raison a guery le caprice.*
*Il prend vos interests, vostre heur luy sera doux,*
*Et qui vous desseruoit, parle à present pour vous.*

LE PRINCE bas.

*Contre moy mon riual obtient mon assistance!*
*A quelle épreuue, ô Ciel! reduis-tu ma constance?*

LE DVC.

*Le prix est si conioint à l'heur de vous seruir,*
*Que c'est vne faueur qu'on ne me peut rauir;*
*Ne faites point, Seigneur, par l'offre du salaire,*
*D'vne action de gloire vne œuure mercenaire;*
*Pouuoir dire, ce bras a serui Venceslas,*
*N'est-ce pas vn loyer digne de cent combats?*

LE ROY.

*Non, non, quoy que ie doiue à ce bras indomptable,*
*C'est trop que vostre Roy soit vostre redeuable;*
*Ce grand cœur refusant, interesse le mien,*
*Et me demande trop, en ne demandant rien.*
*Faisons par vos trauaux, & ma recognoissance,*
*Du maistre & du suiet discerner la puissance;*
*Mon renom ne vous peut souffrir sans se soüiller,*
*La generosité, qui m'en veut dépoüiller.*

LE DVC.

*N'attisez point vn feu que vous voudrez éteindre,*
*I'ayme en vn lieu, Seigneur, où ie ne puis atteindre;*
*Ie m'en cognois indigne, & l'obiet que ie sers*
*Dedaignant son tribut, desaduoüeroit mes fers.*

LE ROY.

*Les plus puissans Estats n'ont point de Souueraines,*
*Dont ce bras ne merite, & n'honorast les chaisnes,*
*Et mon pouuoir enfin, ou sera sans effect,*
*Ou vous répond du don que ie vous auray fait.*

LE PRINCE bas.

*Quoy? l'hymen qu'on denie à l'ardeur qui me presse*
*Au lict de mon riual va mettre ma maistresse?*

LE DVC.

*Ma defense à vos loix n'ose plus repartir.*

LE PRINCE.

*Non, non, lasche riual, ie n'y puis consentir.*

LE DVC.

*Et forcé par vostre ordre à rompre mon silence,*
*Ie vous obeiray, mais auec violence.*
*Certain de vous déplaire en vous obeissant,*
*Plus, que n'obseruant point, vn ordre si pressant;*

I'auoüeray donc, grãd Roy, que l'obiet qui me touche.

LE PRINCE.

Duc, encor vne fois ie vous ferme la bouche,
Et ne vous puis souffrir vostre presomption.

LE ROY.

Insolent!

LE PRINCE.

J'ay sans fruict vaincu ma passion
Pour souffrir son orgueil, Seigneur, & vous cõplaire,
I'ay fait tous les efforts que la raison peut faire;
Mais en vain mon respect tasche à me contenir,
Ma raison de mes sens ne peut rien obtenir;
Ie suy ma passion, suiuez vostre colere,
Pour vn fils sans respect, perdez l'amour d'vn pere;
Tranchez le cours du temps à mes iours destiné,
Et reprenez le sang que vous m'auez donné,
Ou si vostre iustice épargne encor ma teste,
De ce presomptueux reiettez la requeste:
Et de son insolence humiliez l'excez,
Ou sa mort à l'instant en suiura le succez. Il s'en va furieux.

## SCENE VII.

LE ROY, LE DVC, GARDES.

LE ROY.

*Gardes, qu'on le saisisse.*

LE DVC les arrestant.

*Ha! Seigneur, quel azyle*
*A conseruer mes iours, ne seroit inutile?*
*Et me garantiroit contre vn soûleuement.*
*Accordez-moy sa grace, ou mon éloignement.*

LE ROY.

*Qu'aucun soin ne vous trouble, & ne vous importune.*
*Duc, ie feray si haut monter vostre fortune,*
*D'vn credit si puissant i'armeray vostre bras,*
*Et ce seditieux vous verra de si bas,*
*Que iamais d'aucun traict de haine ny d'enuie*
*Il ne pourra liurer d'atteinte à vostre vie.*
*Que l'instinct enragé qui meut ses passions*
*Ne mettra plus de borne à vos pretentions.*
*Qu'il ne pourra heurter vostre pouuoir supresme,*
*Et que tous vos souhaits dependront de vous-mesme.*

Fin du troisiesme Acte.

# ACTE IV.

## SCENE PREMIERE.

THEODORE, LEONOR.

THEODORE.

*A Dieu! que cet effroy me trouble & me confond;*
*Tu vois que ton rapport à mon songe répond,*
*Et sur cette frayeur tu condamnes mes larmes!*
*Ie me mets trop en peine, & ie prends trop d'alarmes!*

LEONOR.

*Vous en prenez sans doute vn peu legerement*
*Pour n'auoir pas couché dans son appartement.*
*Est-ce vn si grand sujet d'en prendre l'épouuente?*
*Et de souffrir qu'vn songe à ce poinct vous tourmēte?*
*Croyez-vous que le Prince en cet âge de feu*
*Où le corps à l'esprit s'assuiettit si peu?*
*Où l'ame sur les sens n'a point encor d'empire?*

*Où tousiours le plus froid pour quelque objet soûpire,*
*Viue auecque tout l'ordre & toute la pudeur*
*D'où dépend nostre gloire & nostre bonne odeur?*
*Cherchés-vo⁹ des clartés dãs les nuits d'vn ieune hõme*
*Que le repos tourmente, & que l'amour consomme?*
*C'est les examiner d'vn soin trop curieux,*
*Sur leurs deportemens, il faut fermer les yeux;*
*Pour n'en point estre peine, il n'en faut rien apprẽdre,*
*Et ne cognoistre point ce qu'il faudroit reprendre.*

THEODORE.

*Vn songe interrompu, sans suite, obscur, confus,*
*Qui passe en vn instant, & puis ne reuient plus,*
*Fait dessus nostre esprit vne legere atteinte,*
*Et nous laisse imprimee, ou point, ou peu de crainte;*
*Mais les songes suiuis, où dont à tout propos*
*L'horreur se remonstrant interrompt le repos,*
*Et qui distinctement marquent les aduentures,*
*Sont des aduis du Ciel pour les choses futures.*
*Helas! i'ay veu la main qui luy perçoit le flanc!*
*I'ay veu porter le coup, i'ay veu couler son sang,*
*Du coup d'vne autre main i'ay veu voler sa teste,*
*Pour receuoir son corps i'ay veu sa tombe preste,*
*Et m'écriant d'vn ton qui t'auroit fait horreur,*
*I'ay dissipé mon songe, & non pas ma terreur.*
*Cet effroy, de mon lict, aussi-tost m'a tiree,*
*Et, comme tu m'as veuë, interdite, égaree,*

*[S]ans toy ie me rendois en son appartement,*
*[D]'où i'apprẽds que ma peur n'est pas sans fondemẽt,*
*[P]uisque ses gens t'ont dit... Mais que voy-je?*

---

## SCENE II.

[O]CTAVE, LE PRINCE, THEODORE, LEONOR.

OCTAVE.

HA Madame!

THEODORE à Leonor.

*[E]t bien?*

OCTAVE.

*Sans mon secours, le Prince rendoit l'ame.*

THEODORE.

*[P]renois-je, Leonor, l'allarme sans propos?*

LE PRINCE.

*[S]ouffrez-moy sur ce siege vn moment de repos.*
*[D]ebile, & mal remis encor de la foiblesse,*
*[O]ù ma perte de sang, & ma cheute me laisse;*
*[I]e me traisne auec peine, & i'ignore où ie suis.*

THEODORE.

*Ha mon frere!*

LE PRINCE.

*Ha ma sœur! sçauez-vous mes ennuis?*

THEODORE.

*O songe! auant-coureur d'auenture tragique,*
*Combien sensiblement cet accident t'explique;*
*Par quel malheur, mon frere, ou par quel attentat*
*Vous voy-je en ce sanglant & deplorable estat?*

LE PRINCE.

*Vous voyez ce qu'amour & Cassandre me couste,*
*Mais faites obseruer qu'aucun ne nous écoute.*

THEODORE faisant signe à Leonor qui va voir si personne n'écoute.

*Soignez-y, Leonor.*

LE PRINCE.

*Vous auez veu, ma sœur*
*Mes plus secrets pensers iusqu'au fond de mon cœur,*
*Vous sçauez les efforts que i'ay faits sur moy-mesme*
*Pour secoüer le joug de cette amour extresme,*
*Et retirer d'vn cœur indignement blessé*
*Le traict empoisonné que ses yeux m'ont lancé.*
*Mais, quoy que i'entreprenne, à moy-mesme infidele,*
*Contre mon iugement, mon esprit se rebelle;*
*Mon cœur de son seruice à peine est diuerty,*
*Qu'au premier souuenir il reprend son party;*
*Tãt a de droict sur nous, malheureux que noꝰ sommes*
*Cet amour, non amour, mais ennemy des hommes.*

*I'ay*

*J'ay, pour aucunement couurir ma lâcheté,*
*Quand ie souffrois le plus, feint plus de santé.*
*Rebuté des mespris qu'elle a faits d'vn esclaue,*
*J'ay fait du souuerain, & i'ay tranché du braue;*
*Bien plus, i'ay, furieux, inegal, interdit,*
*Voulu pour mon riual employer mon credit.*
*Mais, au moindre penser, mon ame transportee*
*Contre mon propre effort s'est tousiours reuoltee;*
*Et l'ingrate beauté dont le charme m'a pris*
*Peut plus que ma colere, & plus que les mépris:*
*Sur ce qu'Octaue enfin, hier, me fist entendre,*
*L'hymen qui se traictoit, du Duc, & de Cassandre;*
*Et que ce couple heureux consommoit cette nuict.*

OCTAVE.

*Pernicieux aduis, helas! qu'as-tu produit?*

LE PRINCE.

*Succombant tout entier à ce coup qui m'accable,*
*De tout raisonnement, ie deuiens incapable.*
*Faits retirer mes gens, m'enferme tout le soir,*
*Et ne prends plus aduis que de mon desespoir;*
*Par vne fausse porte, enfin, la nuict venuë,*
*Ie me dérobe aux miens, & ie gagne la ruë,*
*D'où, tout soin, tout respect, tout iugement perdu,*
*Au Palais de Cassandre en mesme temps rendu,*
*I'escalade les murs, gaigne vne gallerie,*
*Et cherchant vn endroit commode à ma furie,*

*Descends sous l'escalier, & dans l'obscurité*
*Prepare à tout succez mon courage irrité,*
*Au nom du Duc, enfin, i'entends ouurir la porte,*
*Et suiuant à ce nom la fureur qui m'emporte,*
*Cours, éteins la lumiere, & d'vn aueugle effort*
*De trois coups de poignard blesse le Duc à mort.*

THEODORE effrayee s'appuyant sur Leonor.

*Le Duc? qu'entends-je? helas!*

LE PRINCE.

*A cette rude atteinte*
*Pendant qu'en l'escalier tout le monde est en plainte,*
*Luy, m'entendant tomber le poignard, sous ses pas,*
*S'en saisit, me poursuit, & m'en atteint au bras.*
*Son ame à cet effort de son corps se separe,*
*Il tombe mort.*

THEODORE.

*O rage inhumaine & barbare!*

LE PRINCE.

*Et moy, par cent destours, que ie ne cognois pas,*
*Dans l'horreur de la nuict ayant traisné mes pas;*
*Par le sang que ie perds mon cœur enfin se glace,*
*Ie tombe, & hors de moy, demeure sur la place;*
*Tant qu'Octaue passant, s'est donné le souci*
*De bander ma blessure, & de me rendre ici.*
*Où (non sans peine encor) ie reuiens en moy-mesme.*

THEODORE appuyee sur Leonor.

*Ie succombe, mon frere, à ma douleur extréme.*
*Ma foiblesse me chasse, & peut rendre euident*
*L'interest que ie prends dedans vostre accident.*
*Soustien moy, Leonor;* bas. *Mon cœur es-tu si tendre* s'en allant.
*Que de donner des pleurs à l'espoux de Cassandre?*
*Et vouloir mal au bras qui t'en a degagé,*
*Cet hymen t'offensoit, & sa mort t'a vengé.*

---

# SCENE III.

LE PRINCE, OCTAVE.

OCTAVE.

*DEsia du iour, Seigneur, la lumiere naissante*
*Fait voir par son retour la Lune palissante.*

LE PRINCE.

*Et va produire aux yeux les crimes de la nuict.*

OCTAVE.

*Mesme au cartier du Roy i'entends desia du bruit.*
*Allons vous rẽdre au lict, que quelqu'vn ne suruiẽne.*

LE PRINCE.

*Qui souhaite la mort, craint peu quoy qu'il aduienne;*
*Mais allons, conduis-moy.*

## SCENE IV.

LE ROY, GARDES, LE PRINCE,
OCTAVE.

LE ROY.

*Mon fils?*

LE PRINCE.

*Seigneur?*

LE ROY.

*Helas!*

OCTAVE.

*O fatale rencontre!*

LE ROY.

*Est-ce vous, Ladislas?*
*Dont la couleur éteinte & la voix égarée*
*Ne marquent plus qu'un corps dõt l'ame est separée?*
*En quel lieu, si saisi, si froid, & si sanglant*
*Adressez-vous ce pas, incertain, & tremblant?*
*Qui vous a si matin tiré de vostre couche?*
*Quel trouble vous possede & vous ferme la bouche?*

LE PRINCE *se remettant sur sa chaire.*

*Que luy diray-je ? Helas !*

LE ROY.

*Répondez-moy, mon fils.*
*Quel fatal accident . . . .*

LE PRINCE.

*Seigneur, ie vous le dis ;*
*J'allois, i'estois ; l'amour a sur moy tant d'empire . . . .*
*Je me confonds, Seigneur, & ne vous puis rien dire.*

LE ROY.

*D'vn trouble si confus vn esprit assailly*
*Se confesse coupable, & qui craint a failly ;*
*N'auez-vous point eu prise auec vostre frere ?*
*Vostre mauuaise humeur luy fut tousiours contraire.*
*Et si pour l'en garder mes soins n'auoient pourueu . . .*

LE PRINCE.

*M'a-t'il pas satisfait ? Non, ie ne l'ay point veu.*

LE ROY.

*Qui vous réueille donc auant que la lumiere*
*Ait du Soleil naissant commencé la carriere ?*

LE PRINCE.

*N'auez-vous pas aussi precedé son réueil ?*

LE ROY.

*Ouy, mais i'ay mes raisons qui bornent mon sommeil ;*

*Ie me voy, Ladislas, au declin de ma vie,*
*Et sçachant que la mort l'aura bien-tost rauie*
*Ie dérobe au sommeil, image de la mort,*
*Ce que ie puis du temps qu'elle laisse à mon sort;*
*Prés du terme fatal prescrit par la nature,*
*Et qui me fait du pied toucher ma sepulture;*
*De ces derniers instants dont il presse le cours*
*Ce que i'oste à mes nuits, ie l'adiouste à mes iours.*
*Sur mon couchant enfin, ma debile paupiere*
*Me mesnage auec soin ce reste de lumiere;*
*Mais quel soin peut du lict vous chasser si matin,*
*Vous à qui l'âge, encor, garde vn si long destin?*

LE PRINCE.

*Si vous en ordonnez auec vostre Iustice*
*Mon destin de bien prés touche son precipice;*
*Ce bras (puis qu'il est vain de vous deguiser rien)*
*A de vostre Couronne abbattu le soustien;*
*Le Duc est mort, Seigneur, & i'en suis l'homicide.*
*Mais i'ay deu l'estre.*

LE ROY.

*O Dieu! le Duc est mort, perfide!*
*Le Duc est mort barbare! & pour excuse enfin*
*Vous auez eu raison d'estre son assassin!*
*A cette épreuue, ô Ciel, mets-tu ma patience?*

## SCENE V.

E DVC, LE ROY, LE PRINCE, OCTAVE, GARDES.

LE DVC.

*A Duchesse, Seigneur, vous demande audience.*

LE PRINCE.

*ue vois-je? quel fantosme? & quelle illusion*
*e mes sens égarez croist la confusion?*

LE ROY.

*ue m'auez-vo⁹ dit, Prince? & par quelle merueille*
*on œil peut-il si-tost dementir mon oreille?*

LE PRINCE.

*e vous ay-ie pas dit, qu'interdit & confus*
*e ne pouuois rien dire, & ne resonnois plus.*

LE ROY.

*a Duc: il estoit temps de tirer ma pensee*
*'vne erreur qui l'auoit mortellement blessee,*
*ifferant d'vn instant le soin de l'en guerir*
*e bruit de vostre mort m'alloit faire mourir.*
*amais cœur ne conceut vne douleur si forte.*
*Mais que me dites-vous?*

LE DVC.

*Que Cassandre à la porte*
*Demandoit à vous voir,*

LE ROY.

*Qu'elle entre.*

Il sort.

LE PRINCE bas.

*O iustes Cieux !*
*M'as-tu trõpé ma main ? me trõpez-vous mes yeux ?*
*Si le Duc est viuant, quelle vie ay-je éteinte ?*
*Et de quel bras, le mien, a-t'il receu l'atteinte ?*

---

# SCENE VI.

CASSANDRE, LE ROY, LE PRINCE, LE DVC, OCTAVE, GARDES.

CASSANDRE aux pieds du Roy pleurant.

*GRand Roy de l'innocence auguste protecteur,*
*Des peines & des prix iuste dispensateur ;*
*Exemple de iustice inuiolable & pure,*
*Admirable à la race, & presente & future ;*
*Prince & pere à la fois, vengez-moy, vengez-vous,*
*Auec vostre pitié meslez vostre courroux,*
*Et rendez auiourd'huy d'vn iuge inexorable,*

Vne

*Vne marque, aux Neueux, à iamais memorable.*

LE ROY. la faisant leuer.

*Faites trefue, Madame auecques les douleurs,*
*Qui vous couppent la voix, & font parler vos pleurs!*

CASSANDRE.

*Vostre Maiesté, Sire, à cogneu ma famille!*

LE ROY.

*Vrsin de Cunisberg, de qui vous estes fille,*
*Est descendu d'ayeux, yssus de sang Royal,*
*Et me fut vn voisin, Genereux, & loyal.*

CASSANDRE.

*Vous sçauez, si pretendre, vn de vos fils pour Gendre,*
*Eust au rang qu'il tenoit, esté trop entreprendre?*

LE ROY.

*L'amour n'offense point, dedans l'egalité;*

CASSANDRE.

*Tous deux, ont eu dessein, dessus ma liberté.*
*Mais auec difference, & d'obiet, & d'estime,*
*L'vn qui me creut honneste, eut vn but legitime,*

*Et l'autre, dont l'amour fol, & capricieux,*
*Douta de ma sagesse, en eut vn vicieux;*
*I'eus bien-tost d'eux aussi, des sentimens contraires,*
*Et quoy qu'ils soient vos fils, ne les treuuay point freres;*
*Ie ne les puis aymer, ny hayr à demy,*
*Ie tins l'vn pour amant, l'autre pour ennemy;*
*L'Infant, par sa vertu, s'est sousmis ma franchise,*
*Le prince par son vice, en à manqué la prise;*
*Et par deux differends, mais loüables effets,*
*I'ayme en l'vn, vostre sang, en l'autre ie le hays;*
*Alexandre, qui veid son riual en son frere,*
*Et qui craignit, d'ailleurs, l'authorité d'vn pere;*
*Fist, quoy qu'autant ardent, que prudent & discret,*
*De nostre pasion, vn commerce secret;*
*Et sous le nom du Duc, déguisant sa poursuitte,*
*Mesnagea nostre veuë, auec tant de conduitte*
*Que toute Versouie, à creu iusqu'auiourd'huy.*
*Qu'il parloit pour de Duc, quand il parloit pour luy;*
*Cette adresse à trompé, iusqu'à nos domestiques;*
*Mais craignant, que le Prince, à bout de ses pratiques,*
*(Comme il croit tant pouuoir, auec impunité,)*
*Ne suiuist la fureur, d'vn amour irrité,*
*Et dessus mon honneur, ozast trop entreprendre,*
*Nous creusmes que l'Hymē, pouuoit seul m'en deffēdre,*
*Et l'heure prise, enfin, pour nous donner les mains,*

*Et bornant son espoir, destruire ses desseins,*
*Hier, (desia le sommeil, sement par tout ses charmes,*
*(En cét endroit, Seigneur, laissez couler mes larmes;* Pleurant.
*Leurs cours vient d'vne source, à ne tarir iamais,)*
*L'Infant, de cét Hymen, esperant le succez,*
*Et de peur de soupçon, arriuant sans escorte,*
*A peine eut mis le pied sur le seuil de la porte,*
*Qu'il sent, pour tout accueil, une barbare main,*
*De trois coups de poignard, luy trauerser le sein:*

LE ROY.

*O Dieu? l'Infant est mort!*

LE PRINCE. bas.

*O mon aueugle rage,*
*Tu t'es bien satisfaite, & voila ton ouurage:*

Le Roy se sied, & met son mouchoir sur son visage.

CASSANDRE.

*Ouy, Seigneur, il est mort, & ie suiuray ses pas,*
*A l'instant, que i'auray, veu vanger son trespas;*
*I'en cognois le meurtrier, & i'attends son supplice,*
*De vos ressentimens, & de vostre Iustice;*
*C'est vostre propre sang, Seigneur, qu'on a versé,*
*Vostre viuant pourtrait, qui se treuue effacé:*
*I'ay besoin d'vn vangeur, ie n'en puis choisir d'autre.*

Le mort est vostre fils, & ma cause est la vostre;
Vangez-moy, vangez-vous, & vangez vn Espoux,
Que vefve, auant l'Hymen, ie pleure à vos Genoux;
Mais apprenant, Grand Roy, cét accident sinistre,
Helas! en pourriez-vous, soupçonner le ministre!
Ouy, vostre sang suffit, pour vous en faire foy:
Monstrent le Prince. Il s'esmeut, il vous parle, & pour, & contre soy;
Et par vn sentiment, ensemble horrible, & tendre,
Vous dit, que Ladislas, est meurtrier d'Alexandre:
Ce Geste, encor, Seigneur, ce maintient interdit,
Ce visage effrayé, ce silence le dit;
Et plus que tout, enfin. Cette main encor teinte
De ce sang precieux, qui fait naistre ma plainte;
Quel des deux sur vos sens, fera le plus d'effort,
De vostre fils meurtrier, ou de vostre fils mort?
Si vous estiez si foible, & vostre sang si tendre,
Qu'on l'eust impunément, commencé de répandre;
Peut-estre verriez-vous, la main qui l'a versé,
Attenter sur celuy, qu'elle vous à laissé;
D'assassin de son frere, il peut estre le vostre,
Vn crime pourroit bien, estre vn essay de l'autre;
Ainsi, que les vertus, les crimes enchaisnez,
Sont tousiours, ou souuent, l'vn par l'autre traisnez:
Craignez de hazarder, pour estre trop auguste,
Et le trosne, & la vie, & le tiltre de iuste;

Si mes viues douleurs, ne vous peuuent toucher,
N'y la perte d'vn fils, qui vous estoit si cher:
N'y l'horrible penser du coup qui vous la couste,
Voyez, voyez le sang dont ce poignard degoute;
Et s'il ne vous esmeut, sçachez, où l'on l'a pris,
Vostre fils, l'a tiré du sein, de vostre fils;
Ouy, de ce coup, Seigneur, vn frere fut capable,
Ce fer porte le chiffre, & le nom du coupable:
Vous apprend de quel bras il fut l'executeur,
Et complice du meurtre, en declare l'Autheur;
Ce fer, qui chaud encore, par vn enorme crime,
A trauersé d'amour, la plus noble victime;
L'ouurage le plus pur, que vous ayez formé,
Et le plus digne cœur, dont vous fussiez aymé;
Ce cœur, enfin, ce sang, ce fils, cette victime,
Demandent par ma bouche, vn Arrest legitime;
Roy, vous vous feriez tort, par cette impunité,
Et pere à vostre fils, vous deuez l'equité;
I'attends, de voir pousser, vostre main vangeresse,
Ou par vostre iustice, ou par vostre tendresse;
Ou, si ie n'obtiens rien, de la part des humains,
La Iustice du Ciel, me prestera les mains;
Ce forfait, contre luy, cherche en vain du refuge,
Il en fut le tesmoin, il en sera le Iuge;
Et pour punir vn bras, d'vn tel crime noircy;

Elle tire vn poignard de sa manche.

*Le sien sçaura s'estendre, & n'est pas racourcy;*
*Si vous luy remettez à vanger nos offences;*

LE ROY.

*Contre ces charges,* Prince, *auez vous des deffenses.*

LE PRINCE.

*Non, ie suis criminel, abandonnez grand Roy,*
*Cette mourante vie, aux rigueurs de la loy;*
*Que rien ne vous oblige, à m'estre moins seuere,*
*Supprimons les deux noms, & de fils, & de pere;*
*Et tout ce qui pour moy, vous peut solliciter,*
*Cassandre veut ma mort, il l'a faut contenter;*
*Sa hayne me l'ordonne, il faut que ie me taise;*
*Et i'estimeray plus, vne mort qui luy plaise,*
*Qu'vn destin, qui pourroit m'affranchir du trespas,*
*Et qu'vne Eternité, qui ne luy plairoit pas;*
*I'ay beau dissimuler, ma passion extréme;*
*Iusqu'apres le trépas, mon sort veut que ie l'ayme:*
*Et pour dire, à quel poinct, ce cœur est ombragé,*
*Iusqu'apres le trépas, qu'elle m'aura causé;*
*Le coup qui me tuëra, pour vanger son iniure,*
*Ne sera qu'vne heureuse, & legere blessure,*
*Au prix du coup fatal, qui me perça le cœur,*
*Quand de ma liberté, son bel œil fut vainqueur;*

I'en fus desesperé, iusqu'à tout entreprendre,
Il m'osta le repos, que l'autre me doit rendre,
Puis qu'estre sa victime, est vn decret des Cieux,
Qu'importe qui me tuë, ou sa bouche ou ses yeux!
Souscriuez à l'Arrest, dont elle me menace,
Priué de sa faueur, ie ne veux point de grace:
Mettez à bout l'effect, qu'amour a commencé,
Acheuez vn trépas, desia bien aduancé;
Et si d'autre interest, n'esmeut vostre cholere,
Craignez tout, d'vne main, qui pût tuer vn frere.

LE ROY.

Madame, moderez, vos sensibles regrets,
Et laissez à mes soins, nos communs interests:
Mes ordres, auiourd'huy, feront voir vne marque,
Et d'vn Iuge equitable, & d'vn digne Monarque;
Ie me despoüilleray, de toute passion,
Et ie luy feray droit, par sa confession!

CASSANDRE,

Mon attente, Grand Roy, n'a point esté trompee,
Et.......

LE ROY.

Prince, leuez-vous, donnez-moy vostre espee;

LE PRINCE. se leuant.

*Mon espee ! ha ! mon crime, est-il enorme au poinct ?*
*De me ......*

LE ROY.

*Donnez, vous dis-ie, & ne repliquez point.*

LE PRINCE.

La *voila* !

LE ROY. la baillant au Duc.

*Tenez Duc* !

OCTAVE.

*O disgrace inhumaine* !

LE ROY.

*Et faites-le garder, en la chambre prochaine.*
*Allez* ;

LE PRINCE. ayant fait la reuerence au Roy, & à Cassandre.

*Presse la fin, ou tu m'as destiné,*
*Sort ! voila de tes Ieux. & ta roüe à tourné ?*

Il

LE ROY. Il entre

*Duc!*

LE DVC.

*Seigneur!*

LE ROY.

*De ma part, donnez aduis au Prince,*
*Que sa teste, autresfois si chere à la Prouince;*
*Doit seruir auiourd'huy, d'vn exemple fameux,*
*Qui fera detester, son crime à nos Neueux.*

---

# SCENE VII.

LE ROY, CASSANDRE, OCTAVE, Gardes.

LE ROY à OCTAVE.

*Vous, cõduisez Madame, & la rendez chez elle;*

CASSANDRE. à genoux.

*Grãd Roy, des plus grãds Roys, le plus parfait modele;*
*Conserués inuaincu, cét inuincible sein,*
*Poussés iusques au bout, ce genereux dessein;*

*Et constant, escoutez, contre vostre indulgence,*
*Le sang d'vn fils, qui crie, & demande vengeance.*

LE ROY.

*Ce coup, n'est pas, Madame, vn crime à proteger,*
*I'auray soin de punir, & non pas de vanger;*

Elle s'en va auec Octaue

Il dit estant seul.

*O Ciel, ta prouidence, apparemment prospere,*
*Au gré de mes forfaits, de deux fils m'a fait pere;*
*Et l'vn d'eux, qui par l'autre, auiourd'huy m'est osté,*
*M'oblige, à perdre encor, celuy qui m'est resté!*

# ACTE V.

## SCENE PREMIERE.

### THEODORE, LEONOR.

THEODORE,

*E quel air, Leonor, a-t'il receu ma Lettre;*

LEONOR.

*D'vn air, & d'vn visage, à vous en tout promettre.*
*En vain, sa modestie, à voulu déguiser,*
*Venant à vostre nom, il l'a fallu baiser,*
*Comme à force, imprimant, sur ce cher caractere,*
*Vne marque d'vn feu, qu'il sent, mais qu'il veut taire;*

THEODORE.

*Que tu prends mal ton temps, pour esprouuer vn cœur,*
*Que la douleur esprouue, auec tant de rigueur:*

*I'ay plaint la mort du Duc, comme d'vne personne,*
*Necessaire à mon pere, & qui sert sa Couronne;*
*Et quand on me guerit, de ce fascheux rapport,*
*Et que i'aprends qu'il vit, i'aprẽds qu'vn frere est mort;*
*Encor, quoy que nos cœurs, eusent d'intelligence,*
*Ie ne puis de sa mort, souhaiter la vengeance;*
*I'aymois esgalement, le mort & l'assassin,*
*Ie plains esgalement, l'vn & l'autre destin:*
*Pour vn frere meurtry, ma douleur à des larmes,*
*Pour vn frere meurtrier, ma fureur n'a point d'armes;*
*Et si le sang de l'vn, excite mon courroux,*
*Celuy ....... mais le Duc vient;* Leonor, *laissez-nous.*

Leonor s'en va.

---

# SCENE II.

## LE DVC. THEODORE.

LE DVC.

*BRuslant de vous seruir, adorable Princesse,*
*Ie me rẽds par vostre ordre, aux pieds de vostre Altesse,*

THEODORE.

*Ne me flattez-vous point? & m'en puis-ie vanter?*

LE DVC.

*Cette espreuue, Madame, est facile à tenter;*
*I'ay du sang à répandre, & ie porte vne espée,*
*Et ma main, pour vos loix, brusle d'estre occupeé;*

THEODORE.

*Ie n'exige pas tant de vostre affection*
*Et ie ne veux de vous, qu'vne confeßion;*

LE DVC.

*Quelle! ordonnez-là moy.*

THEODORE.

*Sçauoir de vostre bouche,*
*De quel genereux objet, le merite vous touche,*
*Et doit estre le prix, de ces fameux exploits,*
*Qui iusqu'en Moscouie, ont estendu nos loix;*
*I'imputois vostre prise, aux charmes de Cassandre,*
*Mais l'Infant l'adorant, vous n'y pouuiez pretendre*

LE DVC.

*Mes vœux ont pris, Madame, vn vol plus esleué;*
*Außi, par ma raison, n'est il pas approuué!*

THEODORE.

*Ne cherchés point d'excuse, en vostre modestie,*
*Nommez-là, ie le veux.*

LE DVC.

*Ie suis sans repartie;*
*Mais ma voix cedera, cét office à vos yeux,*
*Vous-mesme, nommés-vous; cét obiet glorieux,*
Luy baillãt sa Lettre ouuerte. *Vos doigts ont mis son nom, au bas de cette Lettre;*

THEODORE. ayant leu son nom.

*Vostre merite, Duc, vous peut beaucoup permettre,*
*Mais .......*

LE DVC.

*sant vous aymer, i'ay condamné mes vœux,*
*Ie me suis voulu mal du bien que ie vous veux,*
*Mais, Madame, accusés une estoille fatale.*
*D'esleuer vn espoir, que la raison raual e;*
*De faire à vos suiets, encencer vos Autels,*
*Et de vous procurer, des hommages mortels;*

THEODORE.

*Si i'ay pouuoir sur vous, puisse de vostre zele,*

*Me promettre à l'instant, vne preuue fidelle?*

LE DVC.

*Le beau feu, dont pour vous, ce cœur est embrazé,*
*Trouuera tout poßible, & l'impoßible aisé.*

THEODORE.

*L'effort, vous en sera penible, mais illustre,*

LE DVC.

*D'vne si noble ardeur, il accroistra le lustre;*

THEODORE.

*Tant s'en faut, cette espreuue, est de tenir caché,*
*Vn espoir, dont l'orgueil, vous seroit reproché:*
*De vous taire, & n'admettre en vostre confidence,*
*Que vostre seul respect, auec vostre prudence;*
*Et pour le prix, enfin, du seruice important,*
*Qui rend sur tant de noms, vostre nom éclattaut*
*Aller en ma faueur; demander à mon pere,*
*Au lieu de nostre Hymen, la Grace de mon frere;*
*Preuenir son Arrest, et par vostre secours,*
*Faire tomber l'acier, prest, à trancher ses iours;*
*De cette espreuue, Duc, vos vœux sont-ils capables!*

LE DVC.

*Ouy, Madame, & de plus, (puisqu'ils sont si coupables,*
*Ils vous sçauront, encor, vanger de leur orgueil,*
*Et tomber, auec moy, dans la nuit du cercueil:*

THEODORE.

*Non, ie vous le deffends, laissez-moy mes vangeances,*
*Et si i'ay droit sur vous, obseruez mes deffenses;*
Elle s'en va. *Adieu* Duc.

LE DVC. seul.

*Quel orage agite mon espoir!*
*Et quelle loy mon cœur, viens-tu de receuoir!*
*Si i'ose l'adorer, ie prends trop de licence,*
*Si ie m'en veux punir, i'en reçoy la deffence;*
*Me deffendre la mort, sans me vouloir guerir,*
*N'est-ce pas m'ordonner de viure, & de mourir!*
*Mais .......*

*SCENE III.*

## SCENE III.

LE ROY. LE DVC. Gardes.

LE ROY.

O iour à iamais, funebre à la Prouince!
Federic?

LE DVC.

Quoy Seigneur;

LE ROY.

Faites venir le Prince:

LE DVC. sortant auec les Gardes.

*Il sera superflu, de tenter mon credit,*
*Le sang fait son office, & le Roy s'attendrit.*

LE ROY. seul, resuant, & se promenant.

*Tresue, tresue, nature, aux sanglantes batailles,*
*Qui si cruellement, déchirant mes entrailles;*

*Et me perçant le cœur, le veulent partager,*
*Entre mon fils à perdre, & mon fils à vanger,*
*A ma Iustice en vain, ta tendresse est contraire,*
*Et dans le cœur d'vn Roy, cherche celuy d'vn pere;*
*Ie me suis despoüillé, de cette qualité,*
*Et n'entends plus d'aduis, que ceux de l'equité;*
*Mais, ô vaine constance, ô force imaginaire,*
*A cette veuë, encor, ie sents que ie suis pere;*
*Et n'ay pas despoüillé, tout humain sentiment:*
Ils sortent. *Sortez, Gardes, vous, Duc, laissez-nous vn momēt.*

## SCENE IV.

### LE ROY. LE PRINCE.

LE PRINCE.

*VEnés vous conseruer, ou vanger vostre race;*
*M'anõcés vous, mõ pere, ou ma mort ou ma grace;*

LE ROY. pleurant.

*Embrassez-moy, mon fils:*

LE PRINCE.

*Seigneur? quelle bonté!*
*Quel effet de tendresse, & quelle nouueauté!*
*Voulés-vous, ou marquer, ou remettre mes peines!*
*Et vos bras me sont-ils, des faueurs, ou des chaisnes!*

LE ROY. pleurant.

*Auecques le dernier, de leurs embrassements,*
*Receuez de mon cœur, les derniers sentiments:*
*Sçauez-vous de quel sang, vous auez pris naissance;*

LE PRINCE.

*Ie l'ay mal tesmoigné, mais i'en ay cognoissance:*

LE ROY.

*Sentés-vous de ce sang, les nobles mouuements?*

LE PRINCE.

*Si ie ne les produits, i'en ay les sentiments;*

LE ROY.

*Enfin, d'vn grand effort, vous trouuez-vous capable?*

LE PRINCE.

*Ouy, puisque ie resiste, à l'ennuy qui m'accable,*
*Et qu'vn effort mortel, ne peut aller plus loing;*

LE ROY.

*Armez-vous de vertu, vous en auez besoing.*

LE PRINCE.

*S'il est temps de partir, mon ame est toute preste;*

LE ROY.

*L'eschaffaut l'est aussi, portez-y vostre teste;*
*Plus condamné que vous, mon cœur vous y suiura,*
*Ie mourray plus que vous du coup qui vous tuëra;*
*Mes larmes vous en sont vne preuue assez ample,*
*Mais à l'Estat, enfin, ie doy ce grand exemple;*
*A ma propre vertu, ce genereux effort,*
*Cette grande victime à vostre frere mort;*
*I'ay craint de prononcer, autant que vous d'entendre,*
*L'Arrest qu'ils demãdoient, & que i'ay deu leur rẽdre,*
*Pour ne vous perdre pas, i'ay long-temps combattu,*
*Mais ou l'art de regner, n'est plus vne vertu,*
*Et c'est vne chymere aux Roys que la Iustice;*
*Ou regnant à l'Estat, ie dois ce sacrifice.*

LE PRINCE.

*t bien, acheuez-le, voila ce col tout prest,*
*e coupable, grand Roy, souscrit à vostre Arrest;*
*ne m'en deffends point, & ie sçay que mes crimes,*
*ous ont causé souuent des courroux legitimes;*
*pourrois, du dernier, m'excuser sur l'erreur,*
*'vn bras qui s'est mespris, & creut trop ma fureur;*
*Ma hayne, & mon amour, qu'il vouloit satisfaire,*
*ortoient le coup au Duc, & non pas à mon frere;*
*'allequerois encor, que le coup part d'vn bras,*
*ont les premiers efforts, ont seruy vos Estats;*
*t m'ont dans vostre histoire, acquis assez de place,*
*our vous deuoir parler, en faueur de ma grace;*
*Mais ie n'ay point dessein, de prolonger mon sort,*
*'ay mon obiet a part, à qui ie dois ma mort;*
*ous la deuez au peuple, à mon frere, à vous-mesme,*
*Moy, ie la dois, Seigneur, à l'ingrate que i'ayme,*
*e la dois a sa haine, & m'en veux acquitter,*
*C'est vn leger tribut, qu'vne vie a quitter,*
*C'est peu pour satisfaire, & pour plaire a Cassandre,*
*Q'vne teste a donner, & du sang a répandre,*
*Et forcé de l'aymer, iusqu'au dernier souspir,*
*Sans, auoir pû viuant, respondre a son desir,*
*Suis rauy de sçauoir, que ma mort y réponde,*

*Et que mourāt, ie plaiſe, aux plus beaux yeux du mōde;*

LE ROY.

*A quoy que voſtre cœur, deſtine voſtre mort,*
*Allez vous preparer, a cét illuſtre effort;*
*Et pour les intereſts, d'vne mortelle flamme,*
*Abandonnant le corps, n'abandonnez pas l'ame;*
*Toute obſcure qu'elle eſt, la nuit a beaucoup d'yeux,*
*Et n'a pas pû cacher, voſtre forfait aux* Cieux,
L'embraſſant.
*Adieu; ſur l'eſchaffaut, portez le cœur d'vn* Prince,
*Et faites-y douter, a toute la* Prouince,
*Si né, pour commander, & deſtiné ſi haut,*
Le Roy frappe du pied pour faire tenir le Duc.
*Vous mourez ſur vn throſne, ou ſur vn eſchaffaut;*
*Duc; remenez le Prince;*
Le Duc entre auec des Gardes.

LE PRINCE. s'en allant.

*O vertu trop ſeuere!*
*Venceſlas, vit encor, & ie n'ay plus de pere!*

# SCENE V.

LE ROY. Gardes.

LE ROY.

*O Iustice inhumaine, & deuoirs ennemis,*
*Pour cõseruer mon sceptre, il faut perdre mon fils!*
*Mais laisse-les agir, importune tendresse,*
*Et vous, cachez mes yeux, vos pleurs, & ma foiblesse,*
*Ie ne puis rien pour luy, le sang cede à la loy,*
*Et ie ne luy puis estre, & bon pere & bon Roy,*
*Voy, Pologne, en l'horreur, que le vice m'imprime,*
*Si mon election, fut vn choix legitime;*
*Et si ie puis donner, aux deuoirs de mon rang,*
*Plus que mon propre fils, & que mon propre sang!*

# SCENE VI.

THEODORE. CASSANDRE. LEONOR.
LE ROY. Gardes.

THEODORE.

*PAr quelle loy, Seigneur, si Barbare est si dure,*
*Pouuiez vous renuerser, celle de la Nature?*
*I'apprends, qu'au Prince, helas! l'Arrest est prononcé;*
*Que de son chastiment, l'appareil est dressé;*
*Quoy, nous demeurerons, par des loix si seueres,*
*L'Estat sans heritiers, vous sans fils, moy sans freres?*
*Consultez-vous un peu; contre vostre fureur,*
*C'est trop, qu'en vostre fils, condamner vne erreur;*
*Du carnage d'vn frere, vn frere est incapable,*
*De cét assassinat, la nuict seule est coupable;*
*Il plaint autant que nous, le sort qu'il a finy,*
*Et par son propre crime, il est assez puny;*
*La pitié qui fera reuoquer son supplice,*
*N'est pas moins la vertu d'vn Roy que la Iustice;*
*Auec moins de fureur, vous luy serez plus doux,*
*La Iustice est souuent, le masque du courroux;*

Et

*Et l'on imputera, cét arrest si seuere*
*Moins au deuoir d'vn Roy, qu'à là fureur d'vn pere;*
*Vn murmure public, condamne cet arrest,*
*La nature vous parle, & Cassandre se taist;*
*La rencontre du Prince, en ce lieu, non preueuë,*
*L'interest de l'Estat, & mes pleurs l'ont vaincuë;*
*Son ennuy si profond, n'a sçeu nous resister,*
*Vn fils, enfin, n'a plus, qu'vn pere à surmonter;*

CASSANDRE.

*Ie reuenois, Seigneur, demander son supplice,*
*Et de ce noble effort, presser vostre iustice;*
*Mon cœur impatient, d'attendre son trepas,*
*Accusoit chaque instant, qui ne me vangeoit pas;*
*Mais, ie ne puis iuger, par quel effet contraire,*
*Sa rencontre, en ce cœur, à fait taire son frere;*
*Ses fers, ont combattu, le vif ressentiment,*
*Que ie doibs malheureuse, au sang de mon amant;*
*Et quoy que tout meurtry, mon ame encor l'adore,*
*Les plaintes, les raisons, les pleurs de Theodore,*
*Le murmure du peuple, & de l'estat entier,*
*Qui contre mon party, soustient son heritier,*
*Et condamne l'Arrest, dont ma douleur vous presse,*
*Suspendent en mon sein, cette ardeur vengeresse;*
*Et me la font, enfin passer pour attentat,*

*Contre le bien public, & le chef de l'Estat,*
*Ie me tais, donc, Seigneur, disposez de la vie,*
*Que vous m'auez promise, & que i'ay poursuiuie,*
*Au deffaut de celuy, qu'on te refusera,*
*I'ay du sang cher amant, qui te satisfera.*

LE ROY.

*Vous ne pouuez douter, Duchesse, & vous Infante,*
*Quepere, ie voudrois répondre à vostre attente;*
*Ie suis, par son Arrest, plus condamné que luy,*
*Et ie prefererois, sa mort, à mon ennuy;*
*Mais, d'autre part, ie regne, & si ie luy pardonne,*
*D'vn opprobre eternel, ie souille ma Couronne;*
*Au * lieu, que resistant, à cette dureté,*
*Ma vie, & vostre honneur, deuront leur seureté;*
*Ce Lyon est dompté, mais peut estre, Madame,*
*Celuy, qui si sousmis, * vous déguise sa flame,*
*Plus fier, & violent qu'il n'a iamais esté,*
*Demain attenteroit, sur vostre honnesteté;*
*Peut estre, qu'a mon sang, sa main accoustumée,*
*Contre mon propre sein, demain seroit armée;*
*La pitié qu'il vous cause, est digne d'vn grand cœur,*
*Mais, si ie veux regner, il l'est de ma rigueur,*
*Ie vous doibs malgré vous, raison de vostre offence,*
*Et quand vous vous rendés, prendre vostre deffence,*

*Mon Courroux resistant, & le vostre abbatu,*
*Sont d'illustres effects, d'vne mesme vertu;*

## SCENE VII.

LE DVC. LE ROY. THEODORE.
CASSANDRE. LEONOR. Gardes.

LE ROY.

*QVe faict le Prince, Duc?*

LE DVC.

*C'est en ce moment, Sire,*
*Qu'il est Prince, en effect, & qu'il peut se le dire!*
*Il semble, aux yeux de tous, d'vn Heroïque effort,*
*Se preparer plutost, à l'Hymen, qu'a la mort;*
*Et puisque si remis, de tant de violence,*
*Il n'est plus en estat, de m'imposer silence,*
*Et m'enuier, vn bien, que ce bras m'a produit,*
*De mes trauaux, grand Roy, ie demande le fruict;*

LE ROY.

*Il est iuste; & fust il, de toute ma Prouince,*

LE DVC.

*Ie le restraincts, Seigneur, à la grace du Prince,*

LE ROY.

*Quoy!*

LE DVC.

*I'ay vostre parole, & ce depost sacré,*
*Contre vostre refus, m'est vn gage asseuré;*
*I'ay payé de mon sang, l'heur que i'oze pretendre!*

LE ROY.

*Quoy? Federic, aussi, conspire à me surprendre!*
*Quel charme, contre vn pere, en faueur de son fils,*
*Suscite, & faict parler, ses propres ennemys?*

LE DVC.

*C'est peu, que pour vn Prince, vne faute s'efface!*
*L'estat qu'il doit regir, luy doit bien vne grace;*
*Le seul sang de l'Infant, par son crime est versé,*
*Mais par son chastiment, tout l'Estat est blessé;*
*Sa cause, quoy qu'iniuste, est la cause publique!*
*Il n'est pas tousiours bon, d'estre trop Polytique,*
*Ce que veut tout l'Estat, se peut il dénier?*
*Et pere, deués vous, vous rendre le dernier?*

## SCENE VIII.

OCTAVE. LE ROY. LE DVC. THEODORE.

CASSANDRE. LEONOR. Gardes.

OCTAVE. hors d'haleine.

*SEigneur, d'vn cry commun, toute la populace,*
*Parle en faueur du Prince, & demande sa grace;*
*Et sur tout, vn grand nombre, en la place amassé,*
*A d'vn zele indiscret, l'eschaffaut renuersé;*
*Et les larmes aux yeux, d'vne commune enuie,*
*Proteste de perir, où luy sauuer la vie;*
*D'vn mesme mouuement, & d'vne mesme voix,*
*Tous le disent exempt, de la rigueur des Loix;*
*Et si cette chaleur, n'est bien tost appaisée,*
*Iamais sedition, ne fut plus disposée;*
*En vain pour y mettre ordre, & pour les contenir,*
*I'ay voulu.......*

LE ROY à OCTAVE.

*C'est assez, faictes le moy venir.*

LEONOR.

Octaue va querir le Prince.

*Ciel seconde nos vœux.*

THEODORE.

*Voyons, cette aduanture;*

LE ROY. resuant, & se promenant à grands pas.

*Ouy, ma fille, ouy Cassandre, ouy, parole, ouy, nature;*
*Ouy peuples, il faut vouloir, ce que vous souhaittés;*
*Et par vos sentimens, regler mes volontés.*

---

## SCENE Derniere.

Le Prince, & Octaue entre.

LE PRINCE. LE ROY. LE DVC. THEODORE. CASSANDRE. LEONOR. Gardes.

LE PRINCE. aux pieds du Roy.

*PAr quel heur.*

LE ROY. le releuant;

*Leués vous: vne Couronne, Prince,*

Sous qui i'ay quarante ans, regi cette Prouince;
Qui passera sans tache, en vn regne futur,
Et dont tous les brillants, ont vn éclat si pur;
En qui la voix des Grands, & le commun suffrage,
M'ont d'vn nombre d'ayeux, conserué l'heritage;
Est l'vnique moyen, que i'ay pû conceuoir,
Pour (en vostre faueur) desarmer mon pouuoir;
Je ne vous puis sauuer, tant qu'elle sera mienne;
Il faut que vostre teste, ou tombe, ou la soustienne;
Il vous en faut pouruoir, s'il vous faut pardonner,
Et punir vostre crime, ou bien le Couronner;
L'estat vous la souhaitte, & le peuple m'enseigne,
Voulant que vous viuiés, qu'il est las que ie regne;
La Iustice, est aux Roys, la Reyne des vertus,
Et me vouloir iniuste, est ne me vouloir plus;
Regnez apres l'estat, i'ay droict de vous elire, *Luy baillant la Couronne,*
Et donner en mon fils, vn pere à mon Empire;

LE PRINCE.

Que faictes vous grand Roy?

LE ROY.

M'appeler de ce nom,
C'est hors, de mon pouuoir, mettre vostre pardon:
Je ne veux plus d'vn rang, ou ie vous suis contraire,

*Soyez Roy, Ladiſlas, & moy, ie ſeray pere;*
*Roy, ie n'ay pû des loix ſouffrir les ennemys;*
*Pere, ie ne pourray, faire perir mon fils;*
*Vne perte eſt ayſée, ou l'amour nous conuie;*
*Ie ne perdray qu'vn nom, pour ſauuer vne vie;*
*Pour contenter Caſſandre, & le Duc, & l'Eſtat,*
*Qui les premiers font grace, à voſtre aſſaſinat;*
*Le Duc, pour recompenſe, à requis ceſte grace,*
*Le peuple mutiné, veut que ie vous la face;*
*Caſſandre le conſent, ie ne m'en deffens plus;*
*Ma ſeule dignité, m'enioignoit ce reffus;*
*Sans peine, ie deſcends de ce degré ſupreſme,*
*I'ayme mieux conſeruer vn fils, qu'vn Diadeſme;*

LE PRINCE.

*Si vous ne pouués eſtre, & mon pere, & mon Roy,*
*Puis-je eſtre voſtre fils, & vous donner la loy?*
*Sans peine, ie renonce, à ce degré ſupreſme;*
*Abandonnés plutoſt, vn fils qu'vn Diadeſme;*

LE ROY.

*Ie n'y pretends plus rien, ne me le rendés pas,*
*Qui pardonne à ſon Roy, puniroit Ladiſlas;*
*Et ſans cet ornement, feroit tomber ſa teſte;*

LE

LE PRINCE.

*A vos ordres, seigneur, la voila toute preste;*
*Ie la conserueray, puisque ie vous la doibs,*
*Mais elle regnera pour dispenser vos loix;*
*Et tousiours, quoy qu'elle oze, ou quoy quelle proiette,*
*Le Diadesme au front, sera vostre suiette.*

*Il dit au Duc, l'embrassant.

*Par quel heureux destin, Duc ay-ie merité,*
*Et de vostre courage, & de vostre bonté;*
*Le soing si genereux, qu'ils ont eus pour ma vie;*

LE DVC.

*Ils ont seruy l'Estat, alors qu'ils l'ont seruie;*
*Mais, & vers la Couronnne, & vers vous acquitté,*
*I'implore vne faueur de vostre Majesté;*

LE PRINCE.

*Qu'elle?*

LE DVC.

*Vostre congé. Seigneur, & ma retraicte,*
*Pour ne vous plus nourrir, cette hayne secrette,*
*Qui m'expliquant si mal, vous rend tousiours suspects,*
*Mes plus ardents deuoirs, & mes plus grands respects;*

LE PRINCE.

*Non non, vous deués, Duc, vos ſoings, à ma Prouince;*
*Roy, ie n'herite point, des differends du Prince;*
*Et i'augurerois mal, de mon Gouuernement,*
*S'il m'en falloit d'abord, oſter le fondement;*
*Qui trouue, ou dignement, repoſer ſa Couronne*
*Qui rencontre à ſon troſne, vne ferme colomne;*
*Qui poſſede vn ſujet, digne de cet employ,*
*Peut vanter ſon bon heur, & peut dire eſtre Roy;*
*Le Ciel nous l'a donné, cét Eſtat le poſſede,*
*Par ſes ſoings, tout nous rit, tout fleurit, tout ſuccede;*
*Par ſon art, nos voyſins, nos propres ennemys*
*N'aſpirent qu'à nous eſtre alliés, ou ſouſmis;*
*Il faict briller par tout noſtre pouuoir ſupreſme,*
*Par luy, toute l'Europe, ou nous crainct, ou nous ayme;*
*Il eſt de tout l'Eſtat, la force, & l'ornement,*
*Et vous me l'oſteriés, par voſtre eſloignement?*
*L'heur le plus precieux, que regnant ie reſpire,*
*Eſt que vous demeuriés, l'ame de cet Empire,*
Monſtrant Theodore. *Et ſi vous répondés, à mon Election,*
*Ma ſœur, ſera le nœud, de voſtre affection.*

LE DVC.

*I'y pretendrois en vain, apres que ſa deffence,*

*M'a de sa seruitude, interdit la licence;*

THEODORE.

*Ie vous auois prescrit, de cacher vos liens,*
*Mais les ordres du Roy, sont au dessus des miens;*
*Et me donnant à vous, font cesser ma deffence;*

LE DVC.

*O de tous mes trauaux, trop digne récompence!*
*C'est à ce prix, Seigneur, qu'aspiroit mon credit!* Au Prince.
*Et vous me le rendés, me l'ayant interdit.*

LE PRINCE.

*I'ay, pour vous, accepté la vie, & la Couronne,*
*Madame, ordonnés en, ie vous les abandonne;*
*Pour moy, sans vos faueurs, elles n'ont rien de dous,*
*Ie les rends, i'y renonce, & n'en veux point sans vous;*
*De vous seule depend, & mon sort, & ma vie.*

CASSANDRE.

*Apres, qu'a mon Amant, vostre main l'a rauie!*

LE ROY.

*Le Sceptre que i'y mets à son crime effacé,*
*Dessous vn nouueau regne, oublions le passé;*

*Qu'auec le nom de Prince, il perde vostre hayne,*
*Quand ie vous donne vn Roy, donnés nous vne Reyne,*

CASSANDRE.

*Puis ie sans vn trop lasche, & trop sensible effort,*
*Espouser le meurtrier, estant vefve du mort:*
*Puis ie.*

LE ROY.

*Le temps ma fille.*

CASSANDRE.

*Ha quel temps le peut faire!*

LE PRINCE.

*Si ie n'obtiens au moins, permettez que i'espere,*
*Tant de sousmissions, lasseront vos mespris,*
*Qu'enfin de mon amour, vos vœux seront le prix.*

LE ROY.

Il dit au Prince.

*Allons rendre à l'Infant, nos dernieres tendresses,*
*Et dans sa sepulture, enfermer nos tristesses;*
*Vous, faictes-moy viuant, louer mon successeur,*
*Et voir de ma* Couronne, *vn digne possesseur.*

FIN.

www.ingramcontent.com/pod-product-compliance
Lightning Source LLC
LaVergne TN
LVHW020341230826
846091LV00003B/941

* 9 7 8 2 0 1 3 0 9 9 1 7 2 *